L'AUTRE
QU'ON
ADORAIT

另一个
爱人

〔法〕卡特琳·屈塞 著
赵 倩 译

人民文学出版社
PEOPLE'S LITERATURE PUBLISHING HOUSE

著作权合同登记号：图字 01-2018-0846

L'autre qu'on adorait
© Éditions Gallimard，Paris，2016
Simplified Chinese edition arranged through Dakai Agency Limited

图书在版编目(CIP)数据

另一个爱人 /(法)卡特琳·屈塞著；赵倩译.
—北京：人民文学出版社，2018
ISBN 978-7-02-014194-4

Ⅰ.①另… Ⅱ.①卡… ②赵… Ⅲ.①长篇小说-法国-现代 Ⅳ.①I565.45

中国版本图书馆 CIP 数据核字(2018)第 086689 号

责任编辑　卜艳冰　潘丽萍
封面设计　钱　珺

出版发行　人民文学出版社
社　　址　北京市朝内大街 166 号
邮政编码　100705
网　　址　http://www.rw-cn.com
印　　刷　山东德州新华印务有限责任公司
经　　销　全国新华书店等
字　　数　158 千字
开　　本　889 毫米×1194 毫米　1/32
印　　张　8.25
插　　页　2
版　　次　2018 年 8 月北京第 1 版
印　　次　2018 年 8 月第 1 次印刷
书　　号　978-7-02-014194-4
定　　价　39.00 元

如有印装质量问题，请与本社图书销售中心调换。电话：010-65233595

献给弗拉德和克莱尔

我们面前的人，他的优点和缺点、他的计划，以及我们眼中的他的意图，并不像我一直以为的那样一目了然、一成不变（不像看一座花园，人们穿过栅栏，就能看到其中所有的花坛），而是一个我们永远无法看透的影子。关于这个影子，不存在直接的认知，我们需要借助话语乃至行为极力相信的什么，也只能为我们提供一些不充分的甚至相悖的信息。对于这个影子，我们只能既爱又恨，力求真实地，一遍一遍地去想象。

——马塞尔·普鲁斯特

/ 目录

/ 楔子 二〇〇八年四月二十二日 001
/ 第一部分 三角关系
　I 尼古拉，他…… 007
　II 女巫 018
　III 飞逝，一切飞逝 041

/ 第二部分 致未能拯救的朋友
　I 野人 079
　II 校园狂人 112
　III 云中王子 146
　IV 亡者广场 160
　V 我们心中冰封的大海 188
　VI 哦死亡！启航吧！ 206
　VII 浮生若梦 234

　尾声 251
　致谢 253

/ 楔子

二〇〇八年四月二十二日

菲尔·米勒轻轻拍了拍话筒，大家都不说话了。表彰大会开始。当他报出诺拉的名字，她走上前去，双颊在掌声之中微微泛红。她获了奖，同时还有一张七百美金的支票，如果这个夏天她陪你去法国的话，这张支票就大有用处了。米勒教授做出要和她握手的姿势，中途改了主意，走近来亲她的脸颊——"法式"贴面礼。他没她高，诺拉得忍住笑，因为她想到了你给他取的外号：侏儒。坐在第一排的埃弗兰脸上绽放着热情洋溢的笑容，弥补了她父母的缺席。他们没法离开农场，也不理解他们拿着奖学金的女儿四年来学了什么。文学研究？文字都不能拿来打疫苗吧？他们从没见过你；他们也许会把你当成火星人。

诺拉从讲台上在充斥着教授和学生的人群中寻找你的身影。你不在里面。你一米九的大高个，即便你在最后一排她也能找到你。

你答应了要来，虽然你讨厌你老板和这些你认为无聊得跟死耗子一样的年末鸡尾酒会。因为你昨天晚上跟她说，你更乐意一个人待着，批改拖延了很久的成吨的作业，她却一点异议也没有，所以你生气了？或者，就像埃弗兰猜的那样，因为你工作了一整夜，最后快到中午的时候吃了一片安眠药，现在还在睡觉？

大会一结束，这两个女人顾不上跟来道贺的教授们喝一杯，就悄悄溜走了，他们都以为埃弗兰是这个年轻女孩的妈妈。她们火速赶到诺拉家，她把钥匙留在了昨天穿的衣服的口袋里，随后坐着埃弗兰的汽车来你家。

她们爬到二楼，敲门。"托马斯！"埃弗兰喊道。诺拉喊着："托马！"她们神经紧张，这是肯定的，这样一声接一声地喊你的名字能减轻她们的不安。十天前，诺拉就已经要被你弄疯了：两天里你一条消息也不回。她开车来到你家，发现你在床上，被酒精弄得蠢蠢呆呆。

诺拉插进钥匙，转动锁眼；埃弗兰设法走到前面，抢在她之前进房间。她往左边瞥了一眼，看到了过道尽头靠着客厅垭口的地方你的两条长腿。

"他在那儿！"

她的声音中透露出无限的宽慰。你应该正坐在床垫上看书或是在工作；你没听到她们喊你肯定是因为你戴着耳机，里面放着音乐。人常常不会想到最直接的解释。然而有的时候，最坏的情况才是最真实的情况：她为知道这个道理付出了代价。

两三步，她们就进了客厅。埃弗兰最先看到你的身体，横仰在床垫上，一动也不动，头上盖着包。学生的作业散落在脚边。她转过身，阻止诺拉往前走。

第一部分 三角关系

尼古拉，他……

一九八六年十二月六日，你们在这支浩浩荡荡、如幽灵般穿过巴黎的队伍里。早上消息导火索般传开后，队伍就自发形成了。你们身处一群年纪稍长但同样严肃的男生女生之中，和他们一起有节奏地高呼口号：

"政府——凶手！政府——凶手！"

一星期以来，你们喊着口号、给部长喝倒彩。到今天，这一切就不再是闹着玩的了。最后这几天的激动已经被愤怒和近乎宗教性的狂热替代。

你十七岁。马利克那时候二十二。他跟你一样，是个学生。他并没有参加示威，他甚至都没有介入这件事：当一大帮摩托机动队成员①来到王子先生街、示威者从拉辛街拥出来的时候，他正从一家爵士乐俱乐部出来。这些摩托机动队成员，

---

① 巴黎警察局追捕游行示威者的机动队，法国摩托特警队的组成部分，1986年马利克·乌斯金事件之后被解散。

一辆摩托车上坐着两个人，前面的飙车猛攻，后面的不计后果地抡着警棍。他们的义务是驱赶闹事者，驱赶那些趁着社会混乱和和平游行制造事端的人，可这不过是官方的托词罢了：其实是屠杀黑人和深色人种。法国种族主义。今天早上，人们得知马利克·乌斯金患有肾衰竭，现在，警察声称他的死不是因为警察拳脚相加而是因为生病。甚至还有部长跳出来声援这一说法："如果我有个儿子做着透析，我就不会让他做这种傻事。"这种大家长式的口吻、法国式的无耻，推卸责任，毫无同理心。

"如果这样，我们都赢不了的话……"尼古拉说。

你们，法兰西的精英们，你们群情激昂，反对入学选拔，反对提高大学注册费，因为它们会让富人的法兰西和穷人的法兰西离得更远。你们走出课堂，散发传单，散发《工人斗争》报。你们看重贴在额头上的"托洛茨基分子"的标记。十一月二十三日，你们和罢工者一起走上街头反对《德瓦凯法案》，准备好了要跟阿萨斯大街上那些提着铁棍的法西斯分子干架。你们在重新踏上圣米歇尔大道的那群人之中，身后响着警笛声和共和国保安连卡车的喇叭声，当催泪瓦斯和低伸[①]射击开始驱散人群时，你们跑了，心脏扑通扑通地跳。四天之后，你们就发展到了五十万人，到了十二月四日，一百万名大学生、高中生和工薪族从巴士底广场走到荣军院：从卡昂到图卢兹，法

---

① 指低伸弹道，即用小于最大射程角的射角射击时，所获得的弹道。

兰西在暴动；你们是这革命新气息的一部分，就像一九六八年的五月风暴一般席卷全国。你们从未活得如此振奋。

"庞德罗，下流货！"

你知道所谓的病是什么病，你想象自己被人追着，拼尽全力跑，上气不接下气，说服一个正按着进楼密码、西装笔挺的公务员让你进入大厅，后面的警察一直追，直到把你逼至角落，你试图用手护着脸，求他们停下来，你甚至吓得尿了出来，你还是吃了一顿警棍暴打，头和肚子被踢了好几脚。三个打一个。

试观此人。①

一想到这些警察会被他们所在的阶层保护，你更沮丧了。他们也许会被降职，也许会被调离，可他们会坐牢吗？

"托马，有那个吗？"

尼古拉一如既往地忘记带他的存货。你们卷了支大麻卷烟，跟最近的几个人分着抽了起来。

几天之后，所有报纸的头版都宣布了这条消息：德瓦凯辞职了，希拉克撤回了法案。你们振臂高呼，互相拥抱，欢呼雀跃。你们赢了。

到一月你就十八岁了。政治不再是你生活的中心。

二月，你和尼古拉去奥地利滑雪，住在你妈朋友的一间小

---

① "试观此人"是《圣经·新约·约翰福音》第19章第5节中本丢·彼拉多所说的话。彼拉多令人鞭打耶稣基督后，向众人展示身披紫袍、头戴荆棘冠冕的耶稣时，对众人说了这句话，有怜悯意味。

公寓里。你们从山上俯冲下来，沉醉在大自然中，之后你们还在壁橱里找到了相当不错的红酒，晚上喝得酩酊大醉。你觉得跟尼古拉在一起比跟谁都亲近，甚至可能超过了跟塞巴斯蒂安——你们从六年级开始就是好朋友。你们都酷爱新词和拟声词。你从没碰到过一个能一起笑闹这么久的人。一张娃娃脸下同样自由而爱挖苦的灵魂。尼古拉很讨人喜欢，他的酒窝、他的雀斑、他鬈鬈的头发和他灰绿色的眼睛，还有他哈哈大笑时只剩下一条缝的眼睛。他也有一些令人难以忍受的方面：每一次你们去咖啡馆，他都会忘带钱包，你得帮他付账。他笑得喘不过气来的时候会放屁，会醺得你赶紧打开房间的窗户。小毛病。他下课之后来你家，会见到你妈妈，你妈妈觉得他挺有魅力；至于你妹妹，他觉得她挺迷人。你发现每当大门咔咔响起来、他听到她声音的时候，他整个身体都会绷紧，而且他一有机会就溜到她的房间跟她聊天。

你也去他家。他妈妈是犹太人，是个法官，有着无与伦比的优雅，她和你妈妈——门房的女儿，因为她读书的爱好以及跟你爸爸的婚姻，从门房搬到了五楼——她们俩都有点儿疯，都是特立独行的中产阶级，不按常规出牌，热情洋溢，都是书迷。在尼古拉家或你家，跟这个的妈或那个的妈一起吃晚餐的时光总是在无止境的智性讨论和止不住的哈哈大笑中流逝。

你们躺在你房间的地板上，听"治疗"乐队①，声嘶力竭

---

① "治疗"乐队，英国摇滚乐队。

地唱费雷①、雷加尼②、布雷尔③、迪特隆④和赛尔日·甘斯布⑤的歌。你们一个比一个唱得不对,一个比一个号得大声,你们吼叫着模仿在电视上看到的头发花白时的老雷欧的面部表情,还有他唱到"悠然自得"这个词时落下的拳头:时光流逝……时光流逝,飞逝,一切飞逝/苍白如同,力竭之驹/陌生床铺,冰冷侵袭/孤身一人,却……悠然自得!/韶把人欺……你们分享效用绝妙的大麻卷烟。你们读黑格尔、康德、维特根斯坦、德里达⑥、布朗肖⑦、热奈特⑧、斯塔罗宾斯基⑨、马拉美⑩和洛特雷阿蒙⑪。你们在巨大的方格纸上写下十页、二十页的论述文,你用蝇头小字填满纸张,尼古拉的字母则拖着粗大的圆圈,密密匝匝。哲学老师讨厌你们。他给你们出了一个主

---

① 莱奥·费雷(1916—1993),法国创作歌手、诗人,其著名歌曲《时光流逝》传唱至今,也是下文提到的老莱奥。
② 塞尔日·雷加尼(1922—2004),法籍意大利演员、歌手。
③ 雅克·布雷尔(1929—1978),比利时创作歌手、演员。
④ 雅克·迪特隆(1943—   ),法国歌手、演员。
⑤ 塞尔日·甘斯布(1928—1991),法国创作歌手,法国流行音乐重要人物之一。
⑥ 雅克·德里达(1930 2004),法国当代结构主义大师,著有《书写与延异》《声音与现象》等。
⑦ 莫里斯·布朗肖(1907—2003),法国作家、思想家、欧陆哲学家,著有《未来之书》《在适当时刻》等。
⑧ 热拉尔·热奈特(1930—   ),法国文学批评家、修辞学家、结构主义叙事代表,其《叙事话语》是当代叙事学的奠基之作。
⑨ 斯塔罗宾斯基(1920—   ),瑞士文艺理论家、观念史家,著有《批评的关系》《活的眼》等。
⑩ 马拉美(1842—1898),法国诗人、文学评论家早期象征主义诗歌代表人物,代表作有《希罗狄亚德》《牧神的午后》等。
⑪ 洛特雷阿蒙(1846—1870),原名伊齐多尔·吕西安·迪卡斯,法国诗人,被超现实主义奉为先驱,作品有《马尔罗之歌》等。

题："现实"。你们讨论了几个小时。你们引用普罗提诺[1]、柏拉图和托洛茨基[2]。二十分总分，你们一个得了四分，一个得了五分。你们去看塔尔科夫斯基[3]、布努埃尔[4]、帕索里尼[5]、伯格曼[6]、费里尼[7]、特吕弗[8]、小津安二郎[9]、黑泽明[10]和其他小众导演的电影。你们溜进成人影院，那里在放映《卡利古拉》[11]，看到一个女人让一条狗舔她时，你们心荡神驰。你们和塞巴斯蒂安去听摇滚音乐会，去贝尔西[12]听"治疗"乐队、"神曲"乐队[13]。地铁停运后，你们坐在长椅上通宵达旦地争论，讨论改造世界的大事。你们发现巴黎夜的美。你们觉得自己很聪明，觉得自己是未来的作家，是说花言巧语、抽大麻卷烟和开玩笑的宇宙冠军。

接下来的一年你们始终是朋友，你们翘了课在大街上闲

---

[1] 普罗提诺（205—270），又译柏罗丁，新柏拉图学派最著名的哲学家，被认为是新柏拉图主义之父。
[2] 托洛茨基（1879—1940），布尔什维克主要领导人、十月革命指挥者，革命家、政治理论家和作家，他提出的政治理论被称为"托洛茨基主义"。
[3] 安德烈·塔尔科夫斯基（1932—1986），俄国电影导演。
[4] 路易斯·布努埃尔（1900—1983），西班牙超现实主义电影导演、电影剧作家、制片人，代表作有《安达鲁之犬》《青楼怨妇》等。
[5] 皮埃尔·保罗·帕索里尼（1922—1975），意大利作家、诗人、后新现实主义时代导演。
[6] 英格玛·伯格曼（1918—2007），瑞典歌剧导演。
[7] 费德里科·费里尼（1920—1993），意大利艺术电影导演、演员、作家。
[8] 弗朗索瓦·特吕弗（1932—1984），法国导演，法国"新浪潮"代表之一。
[9] 小津安二郎（1903—1963），日本导演。
[10] 黑泽明（1910—1998），日本导演。
[11] 《卡利古拉》，又译《罗马帝国艳情史》，根据阿尔贝·加缪的同名剧本改编的电影。
[12] 指巴黎贝尔西体育馆，位于法国巴黎十二区的室内体育馆和音乐厅。
[13] "神曲"乐队，北爱尔兰乐队。

逛，你们打电动弹子游戏，然而有些事变了。你们之间有了西比勒，你喜欢西比勒，可她更喜欢尼古拉。你们什么也没说破，彼此疏远了。你们之间竖起一堵隐形的墙。你们不一起去滑雪了。

在一个年纪梢长的女人身上，你失去了自己的童贞。一个在白葡萄酒杯前坐着的三十五岁的老女人。你从电影院出来之后，在蒙帕纳斯的一家酒吧碰到了她。她的目光在你身上逗留。你不动声色。你感觉到步入于斯曼①、德里厄·拉罗谢尔②或拉迪盖③小说的可能。她来跟你搭话，你生动敏捷地回应着她。她请你喝了杯香槟。你跟着她进了一栋现代化的大楼，就在蒙帕纳斯火车站后面。她并不相信你毫无经验。那事如此愉快，你们一夜来了三次。你心里很清楚，这肉体的欢愉与爱情无关。她有着浑圆滑腻的肩膀和让人垂涎的屁股。那天早上，你和你的同学们，还有尼古拉——这个小处男，不一样了。

尼古拉组了个学习小组，但没带上你。他开始努力学习了。六月的某一天，你们知道了笔试成绩。西比勒、尼古拉、弗朗克和让·马克，在一起学习这几个，都可以参加口语考试了。没有你。你放假。当你的同学们在准备口语考试的时

---

① 若里斯·卡尔·于斯曼（1843—1907），法国小说家，著有《玛特，一个妓女的故事》《华达尔姊妹》等。
② 德里厄·拉罗谢尔（1893—1945），法国作家，著有《窗边女人》《马背上的男人》等。
③ 雷蒙·拉迪盖（1903—1923），法国作家，著有《魔鬼附身》《德·奥热尔伯爵的舞会》。以上几个作家的作品常常涉及艳遇主题。

候，你在巴黎游荡。尼古拉和西比勒成功通过了考试。他们跨过了天堂的大门。巴黎高师的学生。四年里，他们每个月都会收到法国政府发的五千法郎。闲逛、旅游、读书都有人帮他们掏钱，而你要继续考前临时抱佛脚。你妈很失望，她在跟你爸吵架，是他让你学了文学，可你数学那么有天赋。她在生气。

"尼古拉，他……"她说。

她生尼古拉的气，气你没对他当心点。就是尼古拉，她说，就是他把你勾引到咖啡馆，让你浪费时间。当他开始学习的时候，他提防着不让你知道。为什么他被录取了，你没有？他不比你聪明多少啊。

七月，你们四五个朋友计划好去西班牙和意大利度长假。尼古拉借了他妈妈的 R5①。你没有驾照：你笨手笨脚的，觉得汽车会成为你的棺材。尼古拉开车，西比勒坐在他旁边，你和弗朗克坐在后面，活像一对夫妻的两个孩子。弗朗克不停地说话，试图让你开心点。你挺喜欢弗朗克，他是个不错的家伙，但你不开口，眼睛盯着尼古拉和西比勒的颈背。甚至当尼古拉这个蠢货把钥匙留在车里就关上车门时，你都没笑——他妈妈的车顶蓬是敞开式的，唯一的解决办法就是用小折刀把它割开。你待在一边，嘴角扯出一丝苦笑。尼古拉呢，先呆住了一会儿，然后就笑得直不起腰了。反正车险会报销。

---

① 指雷诺 R5，在法国汽车市场占有很大份额。

你情绪很坏。你没法说笑，也没法分享这群人的快乐。你本可以开开心心去探索的西班牙和意大利，你不以为意。你的缄默只是你心中所感的苍白写照，只是将你笼罩的愁云的苍白写照，这愁云犹如火山熔岩般湮没一切，而你却什么也做不了，只能看着自己分崩离析。你从没有过这样的感受。这不是嫉妒，因为就算你们穿越国境线，把西比勒留在她法国南部的家里，再去接从巴黎坐火车跟你们碰头的让·马克，你的忧郁也一如既往。在用尽办法逗你开心之后，你的朋友们开始怪你垂丧着头败坏了他们的假期。一天晚上，在佛罗伦萨的一个集市上，他们进行了一场审判。他们投票决定把你踢出旅行。他们把你跟你的行李一起留在了火车站的广场上。

他们走了。你失魂落魄的，你要找一家青年旅馆。你只有一个想法：睡觉。旅舍床铺的金属撞击声也拦不住你。

等到秋天，你就得好好解释解释了。你不知道自己怎么了，可能是意大利沼泽的瘴气让你中了毒。你又变回了自己：最佳暖场王。他们跟你讲了旅行的结尾，在一座靠近那不勒斯的村庄，弗朗克戏弄了酒吧里的一名服务生，结果他们差点死在那帮意大利大男子主义手里。你也有一些艳遇。在回厄尔巴岛[①]的时候，你碰到一个开着阿尔法·罗密欧[②]的法国生意人。他不是同性恋，却也是个有钱的浪荡子，他让你发现了一个颇

[①] 厄尔巴岛，意大利中部的一个岛屿。
[②] 阿尔法·罗密欧，意大利著名的轿车和跑车制造商，创建于1910年，总部设在米兰。

为特别的意大利。你没染病回来算是幸运的。

你十九岁了，很快就二十了。你爸妈同意给你租一间小阁楼，顺着旋转楼梯爬到七楼，就在协和广场后面一栋奥斯曼式的公寓楼里。你再也不用依赖最后一班地铁。你日日夜夜迈着大步丈量巴黎。普莱耶尔大厅和加尼叶歌剧院对你而言没什么神秘感，你花十个法郎就能弄到一个顶层楼座的位子，幕间休息的时候，你就溜到正厅后排，从那里观察钢琴名家指尖演绎出《哥德堡变奏曲》，观察唱着《马勒浪漫曲》的女歌唱家的脸庞。幸福。一个女性朋友带你去拉丁区的小酒窖听了爵士乐。场所的狭小；演奏者和观众之间的亲密；又老又胖、肿着脚踝的美国黑人女歌手脖子的细微动作——跟母鸡脖子似的，节奏感十足的扭腰动作和惹人为其独唱喝彩的温暖微笑；萨克斯令人心碎的声音；音乐家们的幽默；乐器之间的对白；还有让演出无与伦比、不着痕迹的、自由的即兴演奏——这痕迹即便有，也只存在于参与其中的演奏者的记忆之中吧。这黑人所创造的音乐，既是孤独的对立面，也是他们不顾一切面对生活的欢脱天赋：宛如天启。

爸妈给你的零花钱不够用，你找了一份宾馆值夜的工作。这种工作肯定是为失眠患者发明的活计：睡不着的时候，别人掏钱让你看书、听音乐，多美的差事！有了自己赚的钱，你可以多看几场电影，多听几场音乐会，可以在尼古拉第N次喊着"妈的！"、跟你说他很遗憾把卡落在昨天穿的裤子里的时候，给他的啤酒埋单。恶作剧层出不穷的尼古拉是"熊猫"[①]。一头浓密棕色鬈毛，一张性感嘴巴的塞巴斯蒂安，你叫他"噻巴"，得用德语的发音方式轻轻地发字母 s 的音，以此向英国雷盖音乐"阿斯旺德"乐队的歌手和打击乐手致敬。你呢，托马·比洛，你是"泡泡"[②]。大清早你痛苦地爬到七楼瘫在床上。你翘了课。反正你知道要上什么。在要写的论述文、要读的书、要听的音乐会、要看的电影，还有那些让你认识姑娘再带回家的聚会之间，你人生的第二十个年头大步流星地飞逝而去。

[①] 法语 le Panda（熊猫）与 coups pendables（恶作剧）。
[②] 扎马·比洛的姓在法语里跟"泡泡"音形接近。

女巫

四月的一个下午，你给尼古拉打电话，向他提议去看电影。他没空。他跟他姐姐约好了在波堡看丁格利的展览。他得快点，他已经迟到了。

"我能来吗？"

"你想就来，不过赶紧的。"

出发之前你还在犹豫，转念就迅速换了衣服。你脱下脏兮兮的牛仔裤，换上一条干净的米色裤子，T恤换成了大致熨过的白衬衫。就四月份而言，这天气有点太好。你卷起衬衣袖子，覆盖着栗色细绒毛的胳膊得到了解放。你坐了一号线，差不多十分钟就到了。你在广场上找到尼古拉，随后他姐姐就来了。

他的姐姐，就是我。

"托马？你变了！"

也许我该说："你长大啦！"你笑了笑。

我们最后一次见，还是一年半之前在布列塔尼度假的时候。尼古拉跟你说我去美国的日子里他开始觉得自在，跟你说我有多专横，多歇斯底里，多爱说教——一个词，烦死人，他也就这么说说，你知道他非常崇拜我。我比他大六岁，也比你大六岁。二十六岁的时候，我已经在大学里教课了。我在巴黎高师，主授古典文学。我刚去耶鲁待了两年。这，就是我的简历。不过，还有别的，你能感觉到。首先，我的博士论文做的是萨德。萨德可不一般。你读过他的东西，你清楚得很。一个女萨德主义者。一想到这个你就心痒痒。你想象着我脱下弟弟的短裤，打他的屁股。这个极其情色的想法你不会跟尼古拉分享，因为他会有些矜持，他太有道德感，虽然他自己没意识到。

很显然，我从美国回来之后，他跟我的相处好了一些。我更加包容，他也不再跟我们的爸妈住，就不大会遭受我批判性的目光。你从他那里知道，这个冬天我遭受了巨大的情伤：我在美国遇到并疯狂爱上的那个美国人抛弃了我。你感到好奇。你喜欢有悲伤爱情故事的女人。你不再是好发掘的性爱狂热分子，不像今年的尼古拉。关于女人和欲望你都有所了解。你读过普鲁斯特和卡萨诺瓦[①]。

在展览的画廊里，你充当了导游。我只觉得这些雕塑有趣、色彩缤纷。你却发表了一通旁征博引、妙语连珠的演说。

---

① 贾科莫·卡萨诺瓦（1725—1798），意大利冒险家、作家。热衷于追求女色。

尼古拉接话回嘴，你们笑声不断。然而，你我之间有了点什么。你注意到有一些不易觉察的信号。我始终在你身边，我们的胳膊互相磨蹭。当你站在我身后，向我展示雕塑更为有意思的细节时，你感觉到我们相距几厘米的身体之间有一股吸引力。我就差靠在你身上了。你的胳膊轻轻擦着我的后背。我有些战栗。我丝毫不加抑制，畅所欲言，你一脸迷恋地听我说，在美国多亏了校园生活和"法国妞"会不断受到邀请的聚会，我认识了不少男人。你不时地回应着。我们猎的艳都能拼出一幅世界地图了。尽管我比你大六岁——挺大的年龄差，但你感到我们之间有一种完美的平等。我们在同一频率上。

出了博物馆，我就跟你们分开了。在我弟弟面前，你不可能跟我要手机号码。

一周后，西比勒在乡下组织了一场隆重的聚会。当你发现我的时候，你一阵惊喜。我是跟着我弟弟来的。为了再见你吗？你嘴里叼着一支烟，看见我跟塞巴斯蒂安跳慢狐步舞，你僵硬得跟棍子似的，琢磨着自己是不是要被比下去了。你出去跟伙伴们抽了支卷烟，当你回来的时候，我终于一个人了。你邀我共舞。

你没有浪费时间。你开门见山地告诉我你不喜欢同龄的女孩。你偏爱更小一点的，装天真、爱挑逗的少女，或者更大一点的——我就在其列，不言而喻。你告诉我你跟一个三十八岁的女人（一个老女人）之间的关系——你爱她，她为此给你钱。你感觉自己并没有让我吃惊。我承认，和这帮兴奋的小男生所以为的相反，我并不是少男杀手，在性方面，我需要被掌控。我的直接让你一阵激动。

"这样很好啊。性这一块，我是控制者。"

你注视着我的眼睛。我脸红了。你将我托离地面，转了一圈。我比你设想的要重，我们在笑声中摔倒了。你放声大笑：你真是笨手笨脚大王。跳完这支舞，我们就分开了。我们说得太多了。

第二天离开乡下屋子时，你有了我的电话号码，我也有了你的。你觉得等待我的电话是个好主意。几天后，电话响了。有的机会需要紧紧抓住，有些就该晾在一边。我向你提议去看史蒂芬·弗莱尔斯新出的电影《危险关系》。巧得很，你也想看。

"完美。明天？"

"我周四前都没空。"

那是四天后。我几乎有点恼了。你刻意不跟我提这三个晚上你有两个晚上要上班。你觉得谨慎是最好的战术。

你提议去宝塔电影院①，和商业电影院比起来，你更喜欢这家。电影刺激的节奏、约翰·马尔科维奇的表演让我们有些兴奋。当你的手在黑暗中放到我膝盖上时，我没有推开它。在开往你家的地铁上，我们之间有点尴尬。现在该完成彼此心照不宣的节目了。如果一个声名昭著的女萨德主义者跟着你进了小

---

① 一座具有东方风情的庙宁建筑，位于巴黎，曾是电影院。

房间，这可不是没来由的。顺着旋转楼梯要一直爬到七楼，不过你让我发觉到这个地址的神奇之处，它就在美国大使馆的后面。我们坐在床边上，就着白葡萄酒，享用鸡蛋冻和奶油水果小馅饼。然而之后的事情并没有按照设想的发生。

你没能让我如人们常说的置身十八世纪[①]，你有些气恼。这种情况在你身上从没发生过。我用一种让你感觉到年龄差的口气说：这没什么，男人嘛，本来就脆弱；犯不着为此犯窘。站在二十六岁的高度，我安慰你道：我度过了一个很棒的夜晚。我喜欢说话，你是很好的听众；这足以让我忘掉你昨晚的故障。再说，肯定是因为喝了酒。我勉强喝了一杯：你喝了一整瓶。

我们以汤匙式的睡姿睡着了。你在黎明时分醒来时，我还在睡，魔法解除了。有种无比温柔的快乐。你松了口气。我翻了个身，对着你微微笑着，轻抚你光洁的胸膛和大腿。

"你出过车祸？"

我刚刚发现你的大腿上有两道长长的、纵向的疤。

"我六岁的时候做过手术。胯部坏死。我在医院待了一年。"

"真的假的？"

眼前你健硕的身体已然抹去了那个躺在医院病床上的病孩形象。我已经在你身体的另一个部位了。第二次跟第一次一

[①] 18世纪法国男女之间盛行追求肉欲。

样好。

我们达成一致，将这新生的关系命名为"风月友情"。无关爱情。这种将我们联系起来的情感轻盈而愉悦。谁都不能知道我们之间发生的事情，尤其是我的弟弟和他那帮朋友。你完全不反对保密。过多重生活挺好。再见到尼古拉挺好，跟他一起喝酒、大笑而又不用隐晦地表露出他姐姐正等着你也挺好。几个星期之后，我邀请你来到我宽敞的单身公寓。自此以后，那里就是我们睡觉的地方——就在那张今年秋天我最后一次见到我美国男友时我们做爱的床上。这是我唯一没有说的事情。我们的肉体关系越来越亲密。你是那种有着灵活的手指和舌头、想象力丰富的情人。有天晚上，我跟你说起有个朋友说我的脚不好看让我大为恼火，你就舔我的脚趾，一个接着另一个，我快活得不能自已。

一天早上，我提议你瞄一眼我从美国带回来的笔记本电脑的屏幕——看看上面绝无仅有的一九八九年的春天，今年冬天我为熬过情伤而写的小说。你对我给你的信任感到受宠若惊，甚至有点不安。你知道这些小说，这些巴黎高师文科预备班学生写的小说：自诩高明、自视天下第一。最好是不看，然而好奇心占了上风。你看了一页。一对情侣在争吵。你按下方向键跳到下一页。你抬头看向正紧张地看着你的我。

"挺有让人读下去的欲望的。"

我们彼此都松了口气。

后来我们几乎每天都打电话，每个星期都要见好几次，我一直禁止你跟任何人提起我们的关系。我们之间没有半点忠诚的约定。有天早上我给你打电话，告诉你我难以置信的一夜。我睡不着；我想我的美国人想得太厉害，想得咬牙切齿。我没法喊你过来，你正在宾馆上班。凌晨两点，最终我拨通了一个年轻诗人的电话，他有一双天鹅绒般的眼睛，是我在我弟弟家遇到的。你认得他，你的朋友弗朗克扬言非得要看看他赤身裸体的样子不可。很巧，我看到了。并不赏心悦目。你笑了，笑我有点猥琐的幽默语调。然而每个字都像一支小小的箭，射向你，射向你极为敏感的部位。挂电话的时候，你嘴里一阵苦涩。

两天后，我给你打电话。我希望那天晚上能见见你。你没空。

"我要跟在我这儿补习数学的小萝莉吃饭。"

"吃完来。"

"我跟这小萝莉还有些节目：我希望把她带回去。"

"啊！"

无论我再提什么要求大概都会碰钉子。我们在罗斯丹餐厅见面，我把我印的小说给你。我问了你小萝莉的事，你答应我第二天早上打电话跟我说。你步伐轻快地踏上圣米歇尔大道，嘴里叼着一支烟，腋下夹着手稿。你沿着塞纳河畔走着，穿过艺术桥，走进杜伊勒里宫。巴黎。你对这座城市爱到了什么程度啊。你绕过水池，步入熙熙攘攘的游客之中，在老椴树下信步前行，嗅着树叶的味道和夏天的气息。六月清朗的夜里，椴树气息宜人／空气中时而蕴着甜香，惹人闭目细嗅／风裹挟喧嚣，城市在不远处——／在葡萄园的芳菲和啤酒的馥郁之中……那些戴着花的少女如此迷人，轻盈的裙子露出她们的双肩，你不禁莞尔。你大可以轻而易举地勾引一个，完成你刚说的计划。你不想。你回到自己的房间，捧着手稿躺了下来。当激情将人物撕碎，当他们以一种前所未有的狂热最后一次做爱，你已然忘记自己还躺在床上读着故事：你就在美洲大陆，躺在宽大的红色木条拼成的地板上，旁边是烟灰缸，里面的烟蒂多得快要漫出来了。读完最后一页，你还躺着，嘴里叼着一支烟，眼睛睁着，盯着天花板。你不知道这本书中满满的美妙给你带来了多大的震撼。你一觉睡到天亮。早上十一点的时候，电话叫醒了你。

"我想，我电话没打得太早吧？昨晚不错吧？"

"好极了，谢谢。"

"小萝莉还在吗？"

"走了。她有课。"

"应该不错吧？"

"相当不错。"

我从你那儿什么也问不出了。你很确定我昨晚过得很糟。就算我假装向你祝贺也没用，同伙关系已经荡然无存。第二天你没有露面。第三天我打电话给你。我要见你。十万火急。我们一在拉帕莱特见面，我就声明要更改协议条款："风月友情"，但是排他。小萝莉让我感到害怕，你演得很到位。你没向我透露你是和我的小说度过了放荡的一夜，只说你看了，也挺喜欢。没什么比这更能让我开心的。你感觉自己在亲密程度上一下子连跳了二十级。我这位罗马尼亚裔美国情人成了你神话中的英雄。你称他为"怪兽"。

几天后，考试结果出来了。你出门去贴在橱窗里的名单上找你的名字。B级没有你。你不相信自己的眼睛。你是今年这届文科预备班里最好的学生。没录取。这怎么可能？班里有那么多傻子。难以置信。作为初试通过的人，你很确定自己会被录取：你这么巧舌如簧，足以让你在口试中冲到前五十。机会与你失之交臂。要怎么跟你的母亲说？她唯一的愿望就是看着你成为巴黎高师的学生，就像萨特，还有尼古拉。

天塌下来了。你预见到自己从七月份开始就要上班了，要辞掉你在宾馆的工作，离开你的小阁楼，去租一间真正的单身公寓。你爬上七楼，瘫在床上。电话响了。罗德里格，你有良心吗？[①] 你该鼓起勇气。

"喂？……没。"

在电话的另一端，你的母亲哭了。堵在你胸中的情绪从她那里爆发了出来。

"就是她的错！"

"谁的错，妈妈？"

"尼古拉的姐姐！这个女巫！"

---

① 语出高乃依的戏剧《熙德》，罗德里格是剧中的男主人公。

你的微笑挂不住了。你母亲是唯一一个你谈及过这段关系的人。跟你的母亲,你什么都能说。你甚至都不用说完一句话,她在听到一半的时候就能明白,比你先笑起来。你们是一个整体,甚至是同一个人。你的母亲有着过人的智慧,没有任何权威可以凌驾于她,她没上过学,通过自学什么都学会了。当你们从广播上、电视上或别的什么地方得知什么蠢事,她比你还快地竖起食指喊道:"滚吧,滚吧,关起来!庸人就要关起来!"你第一次读到这行字是在蒙泰朗①的戏剧里,而后它成了你们的格言。你想让她另眼相看。你母亲看来特别聪明的朋友的姐姐,一个在大学教书、比你年长的女人在跟你一个二十岁的小伙子约会。你的母亲对你的战利品引以为傲。也许你本该好好地管住你的舌头,因为她刚刚找到一只替罪羊。

一小时之后,有人敲门。那个女巫。我们约好了那天晚上要见面。你没告诉我今天知道笔试成绩。你甚至都没想到这件事。很显然你的名字会出现在名单里,然后第二天你就去上课。也许我应该帮你练一下口试的。你给我开了门。你没有抱我。你坐在床上,弯着腰。你跟我说了情况。

"哦!"

我和你考虑了所有的可能性。以往届生的身份重新考试,另寻出路?既然你不想做老师,师范生的头衔对你而言就毫无

---

① 亨利·德·蒙泰朗(1895—1972),法国散文家、小说家、剧作家,宣扬刚强的道德。他的剧本常常表现人类灵魂深处的波动,充斥着现代人的矛盾和犹豫不决。

用处。你只是舍不得钱，但是还有其他的方式可以赚钱啊。你总能找到解决办法的。你会走出来的。这是我们第一次只谈论你的事情，你发现我也可以很友好。你告诉我你的母亲把你的失败归结在我头上，还叫我女巫。

"女巫？为什么？"

"自从我们认识之后，我就没成过什么大事。或者说我一事无成。我妈觉得你挥霍了我的青春。她没说错！"

"我们相遇的时候，你笔试已经过了，不是吗？这不是我的错！"

你伸出手臂，环在我的肩上，面带微笑。

"不，不是你的错。我不觉得你虐待我比我虐待你的多。我妈不喜欢别人碰他儿子，仅此而已。"

这两个月我们一直在一起。我们的关系发生了变化，变得越来越亲密，越来越温柔。我们每天都会打电话。我们越来越像一对情侣。你不在宾馆工作的晚上，就在我家睡。我们喝着咖啡，听你给我的迈尔斯·戴维斯的唱片《泛蓝调调》[①]。一天早上，吃过早饭后，我坐在办公桌前，你的手从我睡衣的领口滑了进去——这件有点挑逗的白色蚕丝睡衣是专门为你穿的。

"别现在，托马。我在工作。"

你凑过来吻我。我眼睛抬也不抬，抬起手就要把你推开。

---

① 迈尔斯·戴维斯的经典唱片。

"跟你说了现在不行。"

你吻得更用力。

"托马,我忙着呢!走开!"

你的火气一下子上来了,好像肾上腺素突然上升似的。你既没觉察到我不耐烦的语气,也没发觉我用了命令式。当我不再需要你的时候,我就像对待一只烦人的苍蝇一样,把你赶走。你攥住我的胳膊,把我从倒在地上的椅子上拉起来。你把我推到沙发脚下的垫子上,不顾我的抗议,扯掉我的睡衣,我反抗着,可你力气更大。你逼着我趴下,靠你巨大身体的重量把我压在地上,一边按住我的头,一边用一个膝盖分开我的大腿。你不去想之后的事,冒着分手甚至更糟糕的后果的风险。你什么也不去想了。一股无法控制的暴怒将你攫住。我要也罢,不要也罢,只要你想要,那现在就要。你伸手捂住我的嘴。你突然觉得我的叫喊不再是出了愤怒和痛苦了,我的动作和你的开始变得和谐,就像是我身上的某个屏障被你攻破。我们的身体瘫软在毯子上,再也没有力气动弹,我们面无表情的脸相对着,你从我眼中看到的不是盛怒和屈辱,而是一种新的温存,就好像你并没有让我屈从你的法则,反倒步入了我的幻想王国。

长假将至。夏天我们就得分离了。七月你要去美国长途旅行,在遇到我之前,你就跟我弟弟计划好了。八月则轮到我动身。同样的旅行。我要回到美国人住的那片大陆,不是为了去看他,而是要拜访一些之前就邀请过我的加利福尼亚的朋友。除了横渡大西洋的机票，我们还先后买了达美航空通行票，四百法郎，这样就可以坐着飞机在这个国家到处旅行。关于这次旅行的遐想太激动人心，以至于它成了我们讨论的全部话题。过完这个夏天，我会不会最终允许你把我们在一起的事情说出去呢？我们还会在一起吗？多思无益。

去美国很贵。一美元差不多抵十法郎。尼古拉和你负担不起宾馆的开销，你们搜集了所有你们可以寄住的人的地址，父母的朋友，朋友的朋友。波士顿你们谁也不认得。我想到可以把你们送到我的情人那里。你笑了：住在"怪兽"家？这个堪称《危险关系》的计划让我们欣喜不已。我成功地联系上他，问他能不能让我弟弟和一个朋友去住几天。他接受了。我们共同制定出几个复仇计划。

"切断所有的电线，拿榔头砸烂电脑和立体声音响，戳破汽车轮胎。"

我很乐意把你送到让我整个冬天都在哭、哭干体内每一滴泪水的混蛋那儿去。你喜欢这个主意，化身为骑士，身穿代表他夫人的颜色的衣服。

这次美国之旅还有另一个问题。你在宾馆的工作足够你支付机票和达美航空的通行票，但是能让你在那里逗留的钱所剩无几：你得活下去，在那个地方，还得活一个月。如果你考试通过了，就能贷款，等到秋天再还。你一直在说要找钱赚，终于你认识了一个家伙，他跟你说起一个组织，它为有钱爸爸的废物宝贝疙瘩们代考高中毕业会考笔试。你会拿到一张假的身份证，上面有你的照片和男孩的名字。通过哲学和法语考试，你就能得到一万法郎，是最低工资的两倍，只要工作八小时，还不用做准备工作。美差一桩。

尼古拉原本跟你拴在同一根绳子上，但是他怕了，退缩了。你跟我打包票：这事一点风险也没有。你只要把你的身份证给一个花钱请来给一百多个考生放行、还没睡醒的家伙看一眼就行了。接下来就没什么了，只消埋头写：写两篇中不溜儿的课程论述文。把卷子填满，字迹尽量清楚一点，然后把作业交给监考员，走人。你拿到你的钱，管那些金疙瘩的会考过不过。划算。

你去考了六月中旬的考试，一切如你所设想。监考员看着你的证件，眉毛都没抬一下。当你跟尼古拉说这件事情的时候，他开始后悔自己向理智的声音妥协。钱就在那里。一捆一捆的钞票，你要把它们兑成旅行支票，带到美国去。就在你出发的前夜，电话来了，你还在睡觉。是组织的中间人。他口气中的焦急让你一下子醒了。出问题了。今天早上，当他陪这个差生查成绩的时候，一名监察员已经在等着他了：他控告差生在考试中作弊，因为他法语得了满分二十分，哲学也得了满分二十分。在一个优等生考到十八分、十九分都会被处分的系统里，二十分简直意味着超人类的完美，这两个极为罕见的二十分吸引了监察员的注意。考生的学籍被调了出来，他已经两次落考，课程平均成绩在四分上下徘徊。这个倒霉的家伙指着同伴说他就是组织的中间人。后者还故作镇静："我不知道他说的什么什么组织。他要上法语课，我恰好在一次聚会上认识了一个这方面的好手，一个叫帕特里克的人，我让他们联系上，没了。之后我就不知道他们秘密合计过什么了。"在确保自己没被跟踪之后，他在一个公共电话亭给你打了电话。他还赶回家消灭了一些文件。

这一次，你笑不出来了。你不敢踏出房门，甚至不敢接电话。你戒备着走廊里的声音，生怕那些条子会突然冒出来。如果警察对中间人逼供，他把你的名字供出来怎么办？那你一辈子都得背着一条犯罪记录了。你就被禁止在法国境内学习了。你想象着你的妈妈，她的失望、她的痛苦：她的儿子，一个亡命之徒。

两个满分！究竟是多倒霉，你以别人的名义考试，想要平平庸庸却拿了满分，以你自己的名义十三分、十四分你都拿不到？不论是高中会考还是高等师范考试，论述文的模式是一样的。难道当渴望过于强烈的时候，人们就会失败？难道当你的渴望过于强烈的时候，你就会失败？

第二天你就飞走了，没有任何人在机场拦下你。尼古拉现在可以开怀大笑了。在远离古老欧罗巴的飞机上，你不再去纠结自己的恐惧。重要的是，你腰包里有一万法郎。九个小时之后，你们在肯尼迪机场降落。当你们从航空站走出来，你呼吸到一股湿湿的、黏黏的、咸咸的空气。天太热了，你立马就出汗了。你兴奋到了极点。你来了，来到了这通都大邑。从飞机场到曼哈顿，你们又坐公交又换地铁，这是最便宜的交通方式。你们在明黄色的座椅上坐定，背包在两腿之间，虽然时间很晚了，你们依然很有精神，纽约晚上九点，巴黎早上三点。当你们从开往西四街的地铁上下来的时候，天已经黑了，还是很热，大概有三十七度。汽笛声、喇叭声震耳欲聋。五彩斑斓的霓虹灯；黄色的出租车；穿着无袖衫的姑娘们跳着踢踏舞，穿着跟屁股齐平的短裤，就跟在沙滩上一样。铁丝网后面有十来个黑人借着光线较强的路灯打篮球。你瞬间有种回家的感觉。这是一座夜之城，一座失眠者的城市。

在你走之前，我们最后一次见面，我让你发誓做到两件事。第一件，什么也不能告诉我弟弟——否则我就跟你分手。第二件，不能在"怪兽"家搞任何破坏。

"那你的复仇计划呢？"

"我开玩笑的。他都让你们住下了。不能太过分。"

把这两个没心没肺的浑小子送到我曾经爱过的男人那里，这个主意突然让我有些担忧。

我们计划八月初的时候在纽约汇合，你美国之旅的尾声会是我旅行的开始。

旅行之初，去过纽约之后，去芝加哥之前，尼古拉和你在波士顿停留了几天。尼古拉拨通了我留给他的电话号码。你们突然就背着包来到了"怪兽"家。他给你们开了门。他没你高，但比我弟弟高，跟我书中说的一样帅气。他把房子留给了你们，因为他周末要出去。并非独行。你忘了传递坏消息的人会有怎样的下场，匆匆忙忙地给我写信："一走进他家，我就把你的小说一页一页地翻着看了。我重新认识了'怪兽'。我还看了一部你喜欢的电影。……我们什么也没打碎。我们只是喝完了他的威士忌。我们也就扯烂一扇窗户上挡蚊子的纱窗：因为你的弱智弟弟（同时又很迷人！我爱死他了）出门不拿钥匙，我上一秒刚跟他说要拿着。相较于我本打算搞的破坏实在是小意思。……周末'怪兽'跟他的新女朋友去了纽约。一个年轻的金发法国女人，显然他的口味很稳定。我敢肯定他会因为同样难以忍受的沉默而抛弃她。"

神奇之旅，比你预想得还要神奇。达美航空的通行卡给了你们绝对的自由，不管去哪里旅行都免费。你们开卡，选择目的地：旧金山、洛杉矶、圣塔菲、亚特兰大（为什么不呢?）、新奥尔良、迈阿密。你们坐飞机就跟坐公交似的。美国尽在两个身无分文的法国少年手中。快到一处，你们就拿出记着联系方式的小本子，然后从公共电话亭给完全不认识的人打电话："我是某人的朋友……就只待一两个晚上。可以啊，真的吗？太谢谢啦！"[①] 大多数人都是爸妈朋友的朋友，一些跟我们隔了一代的美国人，他们住在宽敞的别墅里，孩子都出去上大学了。他们给你们一个巨大的冰箱，随你们方便。有的时候甚至会有很大的游泳池，你们就跟打了鸡血的小孩一样又叫又跳。你们问能不能洗衣服，这位女士就把你们的背包都倒空，一股脑丢进大得你们见都没见过的洗衣机里。不消说，美国人很懂得享受，还是一个好客的民族。一切都比法国富饶。就是咖啡

---

① 原文为英语。

不太好喝，不过在咖啡店①里买一杯咖啡总能免费"续杯"②一次，而且糖包和奶油球可以随便拿。你爱上了美国，爱上了美国人。你们靠卖弄口才来支付房费，你们谈论弗朗索瓦·密特朗的法国，谈论同居，对世界冲突发表意见，给他们留下博闻强识和聪敏过人的印象。你跟这些百万富翁在一起感到怡然自得，毫不犹豫地跟他们的妻子调笑，毫无节制，他们大度地将此归因于文化差异。

有时候，你们也会碰壁。电话里的嗓音止于"非常抱歉"，你坚持也没用，开玩笑也没用，对方不接待你们。你们就得去找青年旅舍。在拉斯维加斯，你们在一家名为"疯子"的汽车旅馆住下。尼古拉在一台投币机上赚了一大把硬币，也就这么一次是他请你。他有点过分地指望你那笔通过不太合法的方式挣到的钱，但这不影响他成为一个迷人的旅行伴侣，好奇心十足而又幽默风趣，心情总是很好，除了刚睡醒的时候。你原谅了他西比勒的事、他的成功以及意大利之旅。他生动的眼睛、尖尖的鼻子、肉肉的嘴巴，还有他棕红色的雀斑，这些都显得他很可爱。在他的鬈发之下，你不断惊奇地发现他和我的相同之处。你后悔对他有所隐瞒，后悔日夜保持警惕不泄露天机。有天晚上，你被酒精弄得颇为伤感，差一点点就承认了一切。

唯一的槽点：大峡谷。那一次你们起得很早。虽然身处一帮乌七八糟的游客之中，但你们很快就知道这一切是值得的。

---

①② 原文为英语。

风景让人叹为观止，阳光明媚而灿烂。你们一直跟着走到骷髅点的另一侧，大多数人都半路折回了。尼古拉下山跟只山羊一样，你则慢一点，稳当地把脚踩进红色的尘土里。三小时之后，你们步行来到了凯巴布悬索桥，在这里吞掉三明治，找到一处树荫休息好后，把水瓶重新装满，之后沿着明亮天使小道开始十四公里、时长近十五个小时的"长征"。太阳依旧挂在最高点，把你的脑袋烤得跟火炬一样。你把T恤衫卷起来当头巾绕在脑袋上。你瞬间变成一个苦行僧，但是尼古拉已经没有力气笑了。你们在沉默中前行。什么人都没碰见。你每走一步都能感觉到膝盖的疲惫。你们面无血色地到达印度花园，在那里找到水。已经四点半了，气温超过了四十度。还有七公里。你的瓶子里已经没有水了。你想起从早上到现在一次都没尿过，然而你已经喝了三升水了。你体内所有水分都蒸发了。你觉得头晕。每走一步，大腿上的肌肉都扭曲痉挛，疼得要命。尼古拉已经不在你旁边。你隐约看见他走在前面，身形都模糊了，像是海市蜃楼。

"尼古拉？"

他转过身，喊出一些难以辨听的什么。

"尼古拉！等我！"

他的身影在热雾中模糊了，然后消失了。

你恶心得越来越厉害，把肚子里的三明治吐在路边。你从没感觉这么精疲力竭过。你一步一步往前挪，努力着不要摔倒。现在哪怕一滴水都会让你出卖自己的灵魂。尼古拉水瓶里还有剩的吗？他走了。如果你跟他在一队登山员中登山，他会是切断跟你相连的那根绳子的那一个。你试着从他的角度展开想象。尼古拉恶心犯呕、筋疲力尽、近乎昏厥，你把他丢在路边。不可能。你妈妈说得对。这是个背信弃义的家伙，懦弱又残忍。一个混蛋。

快到黄昏的时候，你遇到一些游客。你画"之"字形的步伐引起了他们的注意。他们让你喝了点水，把你一直架到大峡谷南缘，在那里你找到了尼古拉，他告诉你，他一直在寻求救援。后来，你会拿你们在沙漠里的征途开玩笑，也会拿他的背信弃义开玩笑，可是，如果之前你还因为整个旅行中瞒着你的秘密而有所顾虑，那么现在的你不会了。

八月初，你们到了曼哈顿。第二天我的飞机也在这里着陆。晚上，我们在一家乡村酒吧碰头。当你看见被布列塔尼的太阳晒黑了的我，身上穿着的亮蓝色T恤把我的眼睛映衬得更蓝，你意识到，你等这一刻已经等了一个月。在我弟弟面前，你只是亲了亲我的脸颊。走在街上，我们的手在他背后轻轻触碰，没有引起他的注意。这种接触好像放电似的穿过你的身体。从我的指尖你感受到同样的电流。翌日，我们乘坐史坦顿轮渡去看自由女神像，上了船，我弟弟爬上舷梯，拐去了右边。总算甩掉了他，终于，你能紧紧地搂着我了。我眼角的余光扫到桥上。

"他在那里。"

你迅速松开我。尼古拉朝我们投来了怀疑的目光。

晚上，在哈德森大街的一家中餐馆里，事情藏不住了。快吃完的时候，我下楼去了厕所，你也起身。你守在厕所出口，我才开门就把我推了回去，接着如饥似渴地进行早上中断的亲吻，带着一个月以来的禁欲和被最后两天的沮丧强化的激情。我拒绝更进一步，拒绝草草了事，况且我弟弟还在等我们。过了两分钟你才跟上来，当你来到饭店大堂的时候，场景已经变了。尼古拉打量着我们，既生气又恶心。

"我刚刚去尿尿。男厕所一个人也没有。"

你默不作声。我冷冷地回应道：

"我和托马已经交往三个月了。是我不准他告诉你的。"

我们轮流解释，尼古拉像是被戴了绿帽子的丈夫，一副遭遇了丑闻的神情：你怎么能瞒了他一个月呢？我怎么敢引诱他最好的朋友呢？一出闹剧。

"我受够了，"我说，"我走了。你们俩都好烦。"

我走之后，你们回去了，沉默地睡下。你们的旅行精神、同伴情意、融洽、默契和友谊，都消失了。

第二天，尼古拉释然了。他很难阻止我们相爱。他把下午留给我们，让我们自己待着。我们在苏豪商业区①漫步。八月的天气潮湿又炎热，脚下的沥青在熔化。我们在所有门洞里接吻。宾馆太贵了。我们没法去朋友的朋友家，他们只能我们提供沙发，而且我们也不知道他们回来的时间。停车场有门卫看

---

① 纽约著名商业街区，以艺术与商业的完美结合著称。

守。饥渴让我们有些难耐。最后，我们坐在了一家歇业的饭店的露天咖啡座上。这家饭店在第六大道尽头，人行道宽阔，人迹罕至。之后，我们把我包里的开衫摊在腿上，你解开裤子：手滑到我迷你裙的下面。这种快感将我们解救，就像解救被布列塔尼风压弯的长草。我们哈哈大笑。就这么光天化日地在纽约大街上？我们真是疯了。我们甚至可能因为有伤风化而在牢里相见。

八月末，一封贴有美国邮票的信寄了过来。你已经知道了信的内容。你从一开始就知道。我的温柔细致也就只跟我弟弟势均力敌，我还在消息里多加了几下抓挠，将你抓伤。你不必觉得这样是因为我在波士顿又见到了美国人，我对他的爱跟我们的故事毫无关系。或者说，这只在我最初见你的时候有点关系，那时候的我还不适合开始一段新的感情。我不否认我们之间有一种渴望、一种真正的默契。但是我并不爱你，八月我在这家纽约咖啡馆里看见你的脸的那一刻我就知道。

对着洗手池上方的镜子，你做了个鬼脸，端详着镜子里漫画人物特有的方形的微笑。你愿意付出一切去拥有塞巴斯蒂安那双大大的黑眼睛、性感的嘴唇和一口整齐的牙齿。

章节末了。你二十岁。你曾经踌躇满志的考试第二次失利。你自以为是至爱的女人对你表示感谢，把你像狗奴才一样撵走，对你宣布，你们之间从没有过什么，仅仅是纯粹的肉欲。这件事还是你年轻生命中最擅长的事情：上床。

你在妈妈家吃晚饭，她凭直觉发现了你的大笑和文字游戏背后的悲伤。

"是因为尼古拉的姐姐吧?那个女巫?忘了他们吧,两个都忘掉。他们只会伤害你。"

妈妈充满爱意的话语,从骨子里为你觉得受伤的妈妈,在你屈辱荒野上开垦出一条犁沟。你跟她从未如此亲近过。在这悲伤的九月,你们经历了同样的抛弃。你的痛苦就是她的痛苦。很长一段时间以来,你那位不忠的爸爸都在逃避家庭,逃避她在每一次旅行前后跟他的争吵。他们正在离婚。你是她的主心骨。没有你,她没法活。

当我九月末从美国回来,给你打电话的时候,你邀请我共进晚餐,告诉我,我的信并没有让你吃惊。你并不怨我,我松了口气。我跟你说了跟美国人复合的事情,我在他家待了一个月,神仙眷侣般的一个月,没有一丝一毫你曾在我书中读到过的拉扯和争吵。说起这个,我有一个特别好的消息:我的小说要出版了。你祝贺我。对此你从没怀疑过。

我们不再见面。四月,你收到写在仿羊皮纸上的请柬。这是你受邀参加的第一场婚礼。是作为弟弟的朋友,还是新娘的前任?婚礼在六月底,在布列塔尼举行。你去了。在他深色的礼服里,你找到了帅气无比的"怪兽"。这是伦巴舞的夏天。你请我跳舞,紧紧地把我抱在怀里,长腿贴着我的腿,胯部抵着我的胯,就在这时你听到了我以一种责备的语气说:

"托马!我好歹是新娘!"

你觉得我没那么假正经了。

/ Ⅲ

飞逝，一切飞逝

此刻你在手指间来回翻转着有哥伦比亚大学抬头的信封，你刚在信箱里找到它。它关乎你的命运。你想要离开。离开这个一年前你和苏菲相遇、她却只能给你友情的巴黎。去和你最好的两个朋友汇合，他们已经在纽约住了一年。之前你填了些资料，做了份简历，因为美国人不看重个人成就，所以你特地强调了你在巴政负责过古典音乐协会，拟了一封动机信，还让跟你睡觉的英国女人帮忙改了一下，联系了几个老师，请他们帮你写了几封尽可能热情洋溢的推荐信，简单来说，做完了美国大学注册程序里需要做的一切，不过你也做好了不被录取的准备。因为名额非常少，而且学费昂贵。你撕开信封，打开折成三折的信纸。

你被录取了。

你发出胜利的高呼。

你把那几行表示祝贺的字读了又读，下面是项目负责人的亲笔签名，他对你"以你相称"，好像他已经认得你了一样："亲爱的托马斯"。这跟法国多么不同啊，一张纸上一个名字就能标志成功！信里某个人告诉你，他很高兴能认识你。这是第一次胜利，是第一个实现的目标。巴黎政治学院算不上什么，对于一个已经参加过两次文科预备班的人而言轻而易举。常春藤联盟里的著名高校对你敞开了怀抱。艺术管理硕士这个专业是十月份在塞巴斯蒂安和尼古拉家结束纽约之旅后，你在研究巴黎美国中心的时候偶然找到的，它为你敲开了美国的大门。

你的妈妈。要怎么跟她说呢？没有你每天给她打电话，没有你每个星期在她家吃两三次饭，没有你陪她去看戏剧、电影，这两年她要怎么活下来呢？她被抛弃了。你不也是。[1]一个小小的声音对你说，你的离开也许能让她有机会碰到男人。而且，也就两年。圣诞节你就能回来，暑假也会回来。

你亲爱的妈妈可骗不过去，当天晚上你就把这个消息告诉了她。她紧紧搂着你，你简直要窒息，她的眼中闪烁着骄傲。她的儿子是哥伦比亚的学生。这可不是随便什么学校。纽约可是学习的康庄大道。在你旁边跟你一比，塞巴斯蒂安和尼古拉就像两个滑稽演员，他们所在的报社不过是勉强维持生存罢了。你笑了：别太夸张。不过他们的确是焦头烂额，虽然去年这时候，你还在嫉妒他们，觉得他们的主意棒极了。他们文章写得挺好，只是在纽约做自由记者实在太艰难，尤其是一个人

---

[1] 拉丁语，表示反驳。

才二十二岁而且一文不名的时候。你呢，你手不动脚不动就能拿到一笔富布赖特奖学金[①]。每个月六百美元，比尼古拉和塞巴斯蒂安写文章给他们带来的钱还要多。你会捧着价比黄金的学位回到巴黎。你的妈妈已经把你看作奥黛翁歌剧院、夏特莱剧院或者巴黎歌剧院的负责人了。你们想象一些荒诞不经的节目安排，笑得眼泪都出来了，你们一起挑选你免费为她预留的正厅前排的位子。

纽约。八月末，你到了，提着一只大行李箱。从肯尼迪机场出来的时候，你重新呼吸到了那种炎热、潮湿、黏浊的空气，夏天的气息。你对这座城市很了解，今年你已经来过两次了，都是来看尼古拉和塞巴斯蒂安。第二次来是在四月，那时候樱花开了，你有一种走进一幅日本画的感觉，但是你将要去自己家，还是第一次，你不再仅仅是一名游客，惊叹于落日西沉时分，布鲁克林桥横贯南北，惊叹于哈姆莱区唱着福音歌的弥撒。你的朋友们已经离开西村的单身公寓，搬进了位于字母城的一间两居室，价格只有三分之一，紧靠着东边，类似乡村的纽约，分布着一些低矮建筑和独栋小楼，住在那里的人相对于英语，说得更多的是西班牙语。当你拨通大楼的对讲机，一个男人帮你开了门，礼貌地朝你微笑。"你好。"[②] 这是个把毒品藏在大厅入口的散热器后面的贩子，你很肯定——他们事先跟你说过。你拎着沉重的行李箱爬到三楼。他们在等你，"嚯巴"

[①] 美国政府提供的高额奖学金，各个专业外国学生都可以申请。
[②] 原文为西班牙语。

和"熊猫"。门一打开，笑声就响了起来。根本别想睡觉，虽然有时差。他们把你带到D大道、裂缝大道和罗斯福路的外围，沿着东河边开裂的沥青路走，路上错落着一些细烟囱和旧烟囱头，几户西班牙人家带了露天烧烤架来烤香肠，巨大的音响设备里放着音乐。坐在坑坑洼洼的水泥码头上，你们抽着卷烟，分着喝褐色纸袋子里散装的啤酒，因为在纽约，所有的公共场合都禁止饮酒，你们轮流说着笑话，出神地望着汩汩流动的黑水和河对岸的威廉斯堡集散地。

你四点钟才睡，七点就醒了。兴奋过度。你沿着C大道一直走到第七大道，步子迈得很大，走了二十五分钟，然后从好斯顿街坐地铁，一直坐到曼哈顿另一头的116号大街。哥伦比亚大学。这是你第一次跨过它的正门。你沿着一条平整的小路往前，小路旁的荆棘丛修剪得很齐整，路旁还有绿色的草坪，虽然天气很热，草依旧一副鲜活模样，四周的红砖建筑在蔚蓝色的天空下闪闪发光。图书馆类似希腊的庙宇，四面竖立着陶立克式的石柱。你在外国留学生办公室注册好之后，仔细筛选了一下住房办公室张贴的小广告。当天你就在122号街找到了一间公寓。小得可怜，一个洞，上面嵌着一扇有护栏的窗户，朝着昏暗的院子，分明是一间监狱，但是到学校只要五分钟，而且不贵。

最初的几天，你就四处走走。依然是夏天，阴凉的地方也有三十七度，趿着拖鞋的女孩们几乎是裸着在散步，光着膀子的男人们穿着类似衬裤的短裤，你从没见过如此衣衫不整的场面，至少在你长大的巴黎高档街区肯定不是这样的，共和国旁边的地方也不这样，四周的一切都让你感到愉悦，女人们无袖衫下面尖起来的胸部、炎热的天气、潮湿的空气还有汗水。

当然，你想到了拉斯蒂尼亚克。"纽约！是我们俩的！"不过你的姿态并没有多进取，你不准备直击公牛角，迎难而上，相反，你感觉自己好像躺在倒了热牛奶还加了杏仁和蜂蜜的浴缸里。最关键的是音乐。大楼门口巨大的音箱里跑出一阵阵节奏感很强的旋律。地铁里，黑人小乐队无伴奏合唱着灵魂音乐；满口烂牙的演奏天才在倒扣的塑料桶上打鼓。你在中央公园发现了一些僻静处，不过你倒不必害怕遭到袭击，虽然三年前一名女子在跑步时被一帮流氓强奸后当场死亡的记忆依旧鲜明——作为身长一米九的男人，你有优势。你还结识了一些萨克斯手、小号手、小提琴手、流行音乐创作演奏者、女高音，甚至阉人歌手。湖前面还有一个上了年纪的中国人演奏竖琴。散步时迈出的每一步都给你带来惊喜，更不用说林林总总的爵士俱乐部，这些俱乐部都曾出过跟亚特·布雷基[1]、"爵士信使"乐团[2]、约翰·克特兰[3]或者莎拉·沃恩[4]同台演出或者一起唱

---

[1] 亚特·布雷基（1919—1990），爵士乐鼓手，是硬派爵士乐的先驱和领袖。
[2] "爵士信使"乐团，爵士乐队，曾由鼓手亚特·布雷基领导。
[3] 约翰·克特兰（1926—1967），萨克斯乐手，影响了美国20世纪70年代以后的众多乐手。
[4] 莎拉·沃恩（1924—1990），与埃拉·菲茨杰拉德、比莉·荷莉戴并称20世纪爵士歌坛三大天后。

过歌的歌手。纽约音乐。

还有阳光。你从茧一样隐蔽的小洞里探出脑袋,睡眼惺忪。广阔无垠的蓝天很是耀眼。这里怎么能比巴黎辽阔这么多呢?早晨,城市染上极现实主义电影中蘸取的色彩;晚上,一层金色的胶片将城市包裹。太阳落山时,天空仿佛着了火。明亮的橘黄色,像一幅"华丽艺术"[1]流派的画。

还有河流!第一天早上,你向着瞥见太阳西沉的方向迈进,穿过一条隧道,来到一座树木林立的公园,密密匝匝的叶子顺着哈德森河一路荫蔽。北边的华盛顿桥成了一片稀薄的远景。空地和工地给了曼哈顿一种未完成、未来的面貌,你顺势改道南行。在你右侧,河水仿佛一只悠然沐浴在阳光里的大蜥蜴,懒洋洋地泛起波光,给自己光滑的皮肤洒上光辉。两小时后,你几乎走到了尽头,在那里,你看到了大海,整座城市就在你脚下。

还有哥伦比亚大学。你的课程——法律课、经济课,你一点也不感兴趣,然而美式教学法征服了你。在这里,学生并不是被动地聆听老师传授知识。这里的教学法是民主的。那些你直呼其名的教授会毫不犹豫地转向你,就算他们对一个学欧洲史的学生提出的问题没有答案。还有图书馆!你的卡能让你在"书海"[2]中畅游无阻,十二层由楼梯和升降电梯连起来的书架,

---

[1] 学院艺术的别称,流行于19世纪中期,学院艺术指一种法兰西艺术院订立的标准下所产生的绘画和雕塑的流派。"华丽艺术"一词出现于19世纪末。
[2] 原文为英语。

严格陈列着数十万本你可以随心所欲借阅的书籍，从十八世纪的初版书，到两个月前在法国出版的小说你都能借到。你可以利用国家图书馆和孔帕尼书店的资源。没有半点法式狭隘和怀疑。巴特勒图书馆就是一个糖果罐，里面的糖果唾手可得。还有哥伦比亚法语出版社：布尔楼。这座楼是一座富有魅力的小房子，底层有一个沙龙，你可以在那里聆听你在巴黎永远也碰不到的著名同胞们的发言：让－弗朗西斯·利奥塔、贝尔纳－亨利·列维或者是上了年纪依旧活泼的纳塔莉·萨罗特，在一次研讨会之后的鸡尾酒酒会上，你还跟她进行了一番讨论。美国大学的奢华恰恰跟你对慷慨的渴求不谋而合。

还有夜晚。对于你这个从来都睡不着的人，纽约就是天堂。在你家街角处的杂货店里，人们把这里叫作"得力"，你可以在早上四点买一瓶啤酒、几支烟或者一个抹了芝士奶油的百吉饼[①]。地铁整夜都运行，人们常常能在半夜遇到一些奇形怪状的人。你陪塞巴斯蒂安和尼古拉参加过一些陌生人的聚会，就在位于特里贝卡[②]或者肉市场[③]的挑高公寓[④]里，那里流通着各种各样的毒品，你们跳舞，一直跳到天亮。你毛遂自荐做了他们通讯社的艺术联络人，并为专门的法国报纸提供一些有关

[①] 原文为英语，百吉饼，也称为贝果，是一种中间有一个孔的圆圈形烤制面包，在纽约很流行，类似法国长棍面包。
[②] 特里贝卡是纽约曼哈顿运河街以南的三角地。
[③] 肉市场位于纽约西村，曾是声色场所。
[④] 挑高公寓，即 LOFT，在英语中原指工厂或仓库的楼层，现指没有内墙隔断的开敞式平面布置住宅。

演唱会的文章，虽然报酬甚微，但是能谋得一张记者证。免费的座位可谓绝佳勾引工具。你成了暗夜之王。

还有乡村。十一月的一个周六，尼古拉来康涅狄格州看我，从我任教的耶鲁大学开车到我家只要十分钟，你陪他一起来的。纽约时间一点半，你们下车来到这个小车站的月台上，清新的空气俘获了你的心。亚历克斯来接的你们。一路都是田野、树木和彩色的木制房屋。他把车停在一间小小的白色板条屋前，我正在等着你们，穿着一条牛仔裤和一件滚边领毛衣，脚上趿拉着一双便鞋。自从我的婚礼以来，你和我已经两年半没说过话了，也没写过信。我金色的头发披到肩膀，我没什么变化。你没感到一丝局促。

我们的小房子跟你在哈莱姆的老鼠洞相比简直就是宫殿，每层楼都有四个房间，虽然都很小，但是采光很好，移窗朝着蔚蓝的天空，绿意萌动的花园散发出刚刚割过的青草香味。这座房子离海只有五十米。你发现一处跟诺曼底还有布列塔尼的海角相像的地方。傍晚的时候，亚历克斯在花园里拿出开胃酒。天气微凉，你从他那里借了一件海蓝色的毛衣，你们聊到阿肯色州年轻的州长，一年以来没有一个人知道他，他出身贫穷，刚刚被选为总统，算得上是美国大地上的传奇之一。亚历克斯开始烧烤，烤了一些羊肉串，诱人的香味挑逗着你的鼻孔。你一只手端着威士忌，一只手夹着烟，背靠在一把舒服的木质长椅上，一只麻雀在啾啾地叫着。

"你们日子过得多好呀！这空气！简直让人感觉置身布列

塔尼。还有这份宁静!"

你是真诚的,即便你可能永远也无法住在一处如此与世隔绝的角落。

这座康涅狄格州白色木条搭建的小房子成了你在美国乡下的家园。你很享受隔一个周末离开一次纽约,来这里休息。你一来我就带你去散发着浓烈海藻味道的沙滩。海风、直割人脸的寒冷、眼前的大海,甚至夹着雪花的旋风都会让我们兴奋。你跟我说起纽约、说起小萝莉、聚会、节目和展览,其中最让我印象深刻的,是你的夜生活和文化生活,因为我缩在这天堂般的角落里,一到晚上五点全然的寂静就和夜一同降临。有时候我孤单得可怕,在康涅狄格州我只有一个女性朋友,她叫艾丽莎,是在耶鲁读博士的学生,她是个美国人,加利福尼亚姑娘,我和她之间没有存在于你我之间的灵犀相通。我不知道这三年来,没有你,我是怎么过的:我们不该再彼此疏离。你笑了,你温柔地抱住我,你也觉得跟我在一起感觉很好。的确,你和我同样爱说反话,同样精力充沛,同样蔑视大学里可鄙的内部斗争,当我向你描述同事那些能糟蹋掉我生活的龌龊勾当时,你放声大笑,这些事简直就是层出不穷的小丑戏。我跟你说一回大学办公室就难以忍受的烦扰,还有受到夫妻生活中遇到的难题的启发而正在写的小说,你肯定会是它的第一个读者。我还告诉你,我搅进了艾丽莎、她的前男友、他的新女友之间的糊涂账里。这些校园封闭环境中的故事把你逗乐了。闲逛了三个小时后,我们回去了,脸颊泛红,鞋子里满是沙子。你睡在朝着草坪的小房间中的一间。跟纽约的供暖套房比起来，这里太冷了。我多给了你一床压脚被，建议你戴着睡帽睡。你睡到早上九点才醒，昨晚你毫不费力地就进入了深度睡眠，虽然你非常不容易睡着。

二月末，在我为丈夫筹划的晚餐会上，你遇到了艾丽莎。她的名字用英语发音是艾莱依莎，你很吃惊地发现这个有着异域发音的词竟然只是简单地写成艾丽莎，更让你吃惊的是这个我老提到的艾丽莎-艾莱依莎如此漂亮。她个子高挑，颈部修长，秀发乌黑，漆黑的双眼嵌在挺拔的鼻子两边，微微斜视，皮肤细腻，宛如白桃，一口美式齐牙，一张洛丽塔式的嘴巴。整个晚餐会她都缩着，一言不发。而你，一个亲密的举动或是一声大笑就能让你跨过所有距离，她高冷的美丽却让你胆怯。两周后再来我家时，你的问题就全都围绕艾丽莎了。你对所有跟艾丽莎相关的片段里的人物感兴趣：她没有明显的理由就离开的谈了五年的男朋友，可最后她向我承认他虐待她；忠于留在塔林的未婚妻的爱沙尼亚哲学家；她绝交的酗酒吉他手。我还跟你讲述了她在疯子妈妈和艺术家爸爸中间度过的童年，因为没有钱而在十二岁时选择一起生活的人，令她心生恐惧的智力低能以及由此而来的自卑感。你我之间所分享的，对于文学的热爱、对于制度的洒脱从容，这些都是艾丽莎所不具备的，她很害怕她的博士论文导师，他是一个非常友好的法国人，也是我唯一一位抱以友情的同事。

然而你最喜欢我向你讲述她的魅力之处：

她胯骨宽，身型瘦削，胸部娇小：她说她就像个梨子。

"——一个梨子！"你大笑出声，"是的，当然啦！哎，那个屁股……真是壮观！我太喜欢揉了！"

坐在朝着大海的石头上，我们设想出一些勾引计划。我对你成功的机会有些怀疑，我跟你解释说，艾丽莎几乎三十年来都在努力寻找美国人口中的"真爱"，可以成为她孩子们的父亲的男人，而一个二十四岁的大学生不适合她。除此之外，她跟修女一点也搭不上边。对于肉体行为，她讲究卫生，秉持加利福尼亚人的观念。这意味着要进行一项身体活动，得需要花费超额精力，辅以累人的思想工作。那位爱沙尼亚老师拒绝了她好几个月，她有些沮丧。我跟她在一起和跟你在一起一样亲密无间，我已经向她吹嘘了一些你作为恋人的优点。她在纽黑文稀薄的大气中花了几个小时为学生们准备初级法语课，博士论文依旧没有头绪，从这种氛围中走出来，在纽约待上一晚上，对她会有好处的。

你成功地得到了大都会歌剧院留给报社的两个位置，你给她打来电话。她礼貌地拒绝了你的邀请：她忙不过来。你跟她说剧院可以启发她的论文，但没用，你的坚持只是强化了她的抗拒。你挂了电话，心里已经知道，那些小萝莉中没一个能成为合适的替代品。第二天她给你回了电话。我说服她不该错过这样的机会。她晚上会来，然后坐半夜的火车走。

周六下午，你去大中央车站接她，这个著名的车站有着星形穹顶，给人一种置身二十世纪五十年代警匪片的感觉。你张望着。你才见过她一次。她在那儿！苗条的身影好似女性杂志里的人物一般优美高雅。她的头发扎成一个髻，额前留了刘海。修长如鹤的脖颈从黑色雨衣中探出，腰带勾勒出她纤细的腰身，雨衣下面穿着开口很大的黑白大格子裙。黑色系带鞋子显得小腿很细。你的目光一路往上，移到她嵌着笔挺的鼻子的脸庞，乌黑的眼睛因为涂了睫毛膏显得更大，双唇抹了口红。当你朝她走去，她美得简直让你害怕。她朝你伸出手，你却伸出胳膊圈住她的肩，直接把她搂进怀里。

去歌剧院的路上，你跟她说了《拉莫摩尔的未婚妻》的故事。艾丽莎专注地听你说，皱着她修过的眉毛，询问一些细节，是个好学生。从没进过大都会歌剧院的她观察着大厅里夏加尔①的壁画。她法语说得很好，她的评论精辟得让人惊讶，我实在太强调她的心理障碍了。你弄到的三等席令她刮目相看。有时候，她朝你转过头对你微微一笑，引得你想要立刻咬上她樱桃色的嘴唇。幕间休息时，你买了一杯香槟，阔气十足。你发现了我遗漏的一点：艾丽莎是个音乐家。你们有一个共同的爱好，这个爱好在她身上激起的热爱，与你一样强烈。她惊讶于你竟然不演奏任何乐器，你向她解释道，十岁的时候，你学了一年钢琴就放弃了，因为音乐学院老师给你的评价如当头一棒：毫无天分。你的手指很僵，笨得要命。

---

① 马克·夏加尔（1887—1985），白俄罗斯裔法国现代画家，画作呈现梦幻、象征主义的色彩。

"没有不好的学生，只有不好的老师，"艾丽莎皱着眉以一种笃定的语气说道，"如果你想学，还不算太迟。"

"这也不赖。这样我可以给你演奏《致爱丽丝》。"

你毫不经意地、轻轻地将手臂绕在她的肩膀上。你觉得即使经过一番勤学苦练你也成不了差强人意的钢琴师。她跟你一样喜欢爵士乐：她偏爱约翰·克特兰、"加农炮"·艾德里[①]和莎拉·沃恩，不太知道凯斯·杰瑞[②]和妮娜·西蒙[③]——你的男神和女神。你们在对于迈尔斯·戴维斯[④]、比莉·荷莉戴[⑤]的热爱上达成了共识。在说唱方面你们有所分歧，说唱让她着迷，却一点也吸引不了你。歌剧在半夜结束时，你们快要饿死了。她同意在位于你家街区的一家古巴小饭店里吃晚饭，忘记了她本该乘的火车。此刻心下无疑。艾丽莎跟着你回了家。这是一次运用艺术规则成功的引诱。

加利福尼亚女人艾丽莎称得上肉体之爱冠军。你从没见过和她一般丰满而有天赋的女人。她知道放缓自己的快感，利用身体的每一块肌肉。她的持久性令人称奇。整整一夜，你们的身体以各种杂耍般的动作缠绕在一起，她没有丝毫不舒服的抱怨。只是你得提醒她不要叫，因为有人跟你合租，必要的时候

[①] "加农炮"·艾德里（1928—1975），中音萨克斯演奏家，演奏粗犷热情，具有原始美。
[②] 凯斯·杰瑞（1945— ），美国爵士钢琴大师。
[③] 妮娜·西蒙（1933—2003），美国歌手、作曲家与钢琴表演家。
[④] 迈尔斯·戴维斯（1926—1991），美国爵士乐小号手，有"黑暗王子"之称。
[⑤] 比莉·荷莉戴（1915—1959），美国爵士乐女歌手。

你要伸出一只手贴在她的嘴巴上。狭小的房间和简单地就地放的床垫也没扫了她的兴致。直到天亮,你们才在彼此的臂弯中睡去,将近中午,你们才睡醒,又开始新的一轮。你们在街区的路边小饭馆①里吃已经迟了的早午餐,吞下几片夹了培根、抹了枫糖的法式吐司②;之后,下午四点,你送她到125号街的车站。穿过哈莱姆区③,一直到家,你都在想她小小的胸部和娇小的上半身,跟两条墨西哥妈妈似的硕壮大腿形成了鲜明对比。皮耶罗·德拉·弗朗切斯卡④拼接波特罗⑤,就像儿童游戏中用不同的小块创造出一些人物来玩一样。一个梨子。你自顾自地笑了,路上碰到的黑人们朝你露出会心的微笑。"嘿,哥们"⑥,他们猜你是一个幸福的恋人。恋爱的日子轻巧/嗯,我如此地爱恋着/生活空无一物,只有你。

接下来的周五,你去了纽黑文。艾丽莎在车站等你。她住在学校靠北的地方。去年她的楼栋里发生了一起毒贩子的谋杀案。她住在五楼,没有电梯,早上晚上,手里提着自行车上下楼,因为如果把车留在外面过夜可能会被偷。你自己发现的关于她的一切,跟我描述中的形象相差千里,她并不是那个会陷在自己的难题中抑郁的女孩,她应付得好极了。只见她的单人间沐浴在阳光中,房间里节制地布置了一张套着白色床罩的床

---

①②⑥ 原文为英语。
③ 哈莱姆区,纽约黑人区。
④ 皮耶罗·德拉·弗朗切斯卡(1415—1492),意大利文艺复兴时期画家。
⑤ 费尔南多·波特罗(1932—),哥伦比亚雕塑家画家,以肥胖造型的绘画和雕塑著称。

垫，上面放着柔软的白色枕头；一张写字桌；一个用灰色水泥砖隔开的松木架子；一张矮桌子，由一块厚玻璃搭在同样的水泥砖上而成。这些混凝土块由艾丽莎自己把它们从一个工地上收集起来，再一个一个带回来。她的书不多，但都是精心挑选的，波德莱尔、魏尔伦、兰波、马拉美、保罗·策兰、德里达、保罗·维瑞里奥[①]，贾克·洪席耶[②]，有诗人、哲学家、散文家，都是你喜欢的作者。她的博士论文研究象征主义诗歌的片段，说起论文时，她的思路还不是很清晰，不过她还只是在研究初期。她拥有在你看来很关键的东西：幽默感和完美主义。她还是个烹饪大师。

她放起音乐，乔奥·吉尔贝托[③]的巴萨诺瓦，她和着歌用女低音唱了起来，嗓音的振动触及你极为敏感的一处。你问她为什么没有继续专业的音乐学习。她耸了耸肩。她不够优秀，也没有那种搞定独唱音乐会和合同所必需的精力。她对此并不后悔。在电脑面前度过时日更适合她，这是一种接近思考的不行动。跳出生活节奏的时光。你懂她。有时，她会为了开心去唱唱歌，周末不时地在纽黑文的一家酒吧里驻唱。她一个星期在这个酒吧做三晚服务生，因为她的初级法语课不够她开销。就是在那里，她遇到了酗酒的吉他手，她已经离开他了，因为

---

① 保罗·维瑞里奥（1932— ），法国文化理论家。
② 贾克·洪席耶（1940— ），法国哲学家，生于阿尔及尔，巴黎第八大学哲学系荣誉教授。
③ 乔奥·吉尔贝托（1931— ），巴西歌手、音乐人，是改革巴西音乐并将新兴的巴萨诺瓦散播至西方国家的关键人物之一。

他拒绝接受治疗。她身上有这样的特点：对于某些原则，她毫不妥协。你喜欢她不容置辩的一面，虽然我称之为顽固。

你们就坐在地上吃饭，靠着靠垫。你让她脱掉 T 恤和胸罩，这些话让你想到另一个托马，昆德拉《不能承受的生命之轻》中的托马。看见她的小胸，你被勾起一股难以克制的冲动。当然，得做正事，你喜欢阅读，就那么坐在她的床垫上，凝视着她笔直的后背，她上半身伸长的线条，她修长的脖子，她盘成髻的黑发，她在电脑前敲敲打打。她穿 T 恤配厚运动长裤跟她昨天穿紧身长裙一样美。一绺黑发在她耳后卷出一个圆圈，你不由自主地站起来，走过去闻闻这绺发丝；还有脖子，你舔舔她的脖子，伸出舌头小口小口地舐咬耳朵，一路抵抗的艾丽莎，已然陷落在你的双臂之中。

下一个周末你又去看了她一次。穿过火车站到校园之间不太安全的街区，你三步并作五步地爬上楼。一股诱人的炸洋葱圈的香味从她的屋子里飘出来，你辨认出她放的音乐，接着哼着歌揽她入怀，与她起舞。*你想和她去旅行／漫无目的地走／你知道她会信任你／因为你已经用心灵拂过她完美的身体……*她面带微笑地欢迎你的到来，你感到有种紧张气氛，这让你有些担心。她两颊一片玫瑰色，黯淡的目光瞥向别处，她告诉你她有点尿路感染。她很不舒服，吃了点抗生素。你对她表示同情，表示很抱歉，还不忘说些俏皮话。你向她保证有一千种不需要进去也能做爱的方式。你温柔地将她圈在怀里，你把她逗笑了，眼中的灰暗淡去。最终，你们吃完晚饭又到了床垫上，衣衫不整，一下接一下地抚摸，你再也克制不住欲望，她也不再作抵抗。清晨醒来，她的存在太过刺激，她的美太过诱人，她的肌肤太过柔软，你再一次与她水乳交融。

她只有一个缺点：拖拖拉拉。你们计划去看一场电影，十分钟后电影就开始了，她还在浴室里脱毛或化妆。她受不了你催她。总是抱怨时间不够的她每天早上要花一个小时做拉伸、举哑铃练背，弄得像是个神圣的仪式一样——还建议你跟她学。轮到她准备晚饭，晚饭就从没在十一点之前弄好过，你的肚子饿得咕咕直叫。你一埋怨她，她的眼神就暗下来，然后就不再开口——几个小时，有时候几天。她比你还敏感，她的沉默锋利得宛如刀片。一天，你们心平气和地聊到这些，她自己也承认这种沉默可能是有攻击性的。她总能轻轻松松地第一个嘲笑自己。她给你写了一个温柔的词，还贴了一张杂志里找到的海牛的图片，她在上面签字："你的海牛"。你叫她我的小奶牛、我的小乌龟、我的鼻涕虫①、我的小懒蛋，或者干脆我的"树懒"，这个词用法语的发音跟"荡妇"②的音很接近，"小婊子"。她的明智、幽默，尤其是欲望，你们无穷的欲望，化解了当你不耐烦时你们之间升腾起来的紧张。你手掌下她的肌肤、她的梨形身材、她宽大的胯部还有她的小乳房，她的屁股、她黑而浓密的私处，尤其是她鹤一般修长的脖子上的头颅，上面嵌着黑色眼珠，有着罗马人的轮廓，她的脑袋有种希

---

① 鼻涕虫在法语里有懒汉、慢吞吞的人的意思。
② 树懒、荡妇分别为英语 sloth、slut，发音接近。

腊雕塑的美，有种法尤姆肖像画①的风韵，每一次，她总是美得让你惊为天人。她说她爱你。

五月初，艾丽莎得知她得到一笔去巴黎学习一年的奖学金。也就是说，等到秋天你们就将被大洋隔开。她让你放心。有这笔奖学金，她可以旅行。巴黎也没那么远，你们每个月都能见到。就目前来看，很显然你们可以一起过暑假。艾丽莎只需要转租她的套房，搬去跟你住。你没法离开纽约，你在城市歌剧院找了一份两个月的实习。可是，她连问都没问你的意见就决定在耶鲁的暑期学校上课，每天四小时的课，要上六周。你不能理解为什么她非要这样分开不可，何况她来年的奖学金很充裕，对她而言暑假最好用来改改博士论文的第一章。你的据理力争毫无效果。你感觉得出她在退缩，像是患了缄默症，对此你根本无能为力。你们第一次真正地吵了一架。等到你控诉她不爱你，她才对你承认她需要钱还债。

"我爸爸没跟我说就拿我的卡刷了一万美元。"

"你爸偷了你一万美元？"

"不是偷，托马。他有一些跟健康相关的消费，他没脸跟我说。"

你搞不懂这种事。你的父母永远不会对你做出同样的事情。你觉得她简直是个圣人。

惹得你们争吵的总是同样的理由。你弄到了大都会歌剧院

---

① 公元1至4世纪间在埃及出现的一种为死者描绘的肖像，因为这类肖像多出现在埃及法尤姆地区，故名法尤姆肖像。

《帕西法尔》的几个位子，还有贝蒂·卡特在哥伦比亚剧院的票；你希望可以一下子就跳到纽黑文，牵着她的手，把她带回来。你知道她喜欢歌剧，还会像个傻子一样摇头晃脑，因为之前她险些错过乔·汉德森亲自演奏的《蓝色波萨》[1]。你越是坚持，她的初级法语课就越是变成难以逾越的障碍。你从来没有见过这么固执的人。但是周五晚上，你一见到她，你的怒气就消了。她为你准备了新鲜的西班牙浓汤[2]。你们爬上她家屋顶，在星空下做爱。第二天，艾丽莎借了一辆汽车，把你带到距纽黑文一刻钟路程的沙滩上，非常靠近我家，而那时我在法国度暑假。你努力不再去想因为她而错过的音乐会，外省有着它的魅力。

多亏了这个夏天的实习，你挣了一大笔钱。艺术行政管理的主要任务是给丧偶阔太或是银行家们打电话，说服他们签支票。每天早上九点到晚上六点在一间办公室里募集资金，之后还有晚会，是一些鸡尾酒酒会和上流社会的晚宴，你知道你没资格参加。今年，你听了一位很厉害的、研究波德莱尔的教授的课，这让你想起了你唯一的爱：文学。挣钱对你的吸引力不够，你想要读书的自由、思考的自由和写作的自由。美国最棒的地方就在于，改弦易辙永远不会太迟。就像艾丽莎，就像我，你要去考文学博士，申请奖学金，你要成为老师，不是在法国，而是在美国，这里的职位准入取决于一个人的价值，这

---

[1] 乔·汉德森（1937—2001），美国爵士乐萨克斯手，《蓝色波萨》是他的代表作。
[2] 西班牙浓汤，一种主料是番茄、辣椒和一些香料的凉汤，汤里有生番茄、黄瓜。

里的大学教员被奉若王侯，这是一个有威望的职业，个人的精神生活也能得到尊重。你向你的妈妈说明了你的想法，虽然她仅仅是希望你回来，但也能理解你。你的爸爸和塞巴斯蒂安对这个新主意感到吃惊，但这也不能改变什么。你已经往二十五岁上走了，你觉得，如果你不是纯粹为了晚一点进入职业生涯才做出这样的决定，那就没什么好疑虑的。这年秋天在纽约，帮艾丽莎搬进一间跟两个室友合租的套房之后，你就收集了资料，提交了你的博士学位申请。

你想念艾丽莎是不用说的。她不再给你带来一种生理上的痛苦。你听着随身听里的加农炮·艾德里、塞隆尼斯·孟克[1]，日日夜夜想着她。你让自己喜欢上说唱。你买斯蒂夫·科勒曼[2]的唱片为了在圣诞节送给她。你为她录了一盘磁带，上面是《你是我的所有》的所有版本，有约翰·克特兰的、查理·帕克的、艾拉·费兹杰拉的、莎拉·沃恩的，还有你最爱的凯斯·杰瑞的版本，钢琴的音符以最激情、最有力的方式在他最纯正的嗓音中跳跃。你一遍遍地读《斯万的爱情》，它描述出了你的感觉。可是，对于斯万而言，穿过巴黎就能见到奥黛特，可是艾丽莎却在几百公里以外。一种新的交流方式为你们而生，在那个年代这是专门给大学生用的工具，不需要借助信件你们就能即时通信：电子邮件。当你按下"发送"键，一

---

[1] 塞隆尼斯·孟克（1917—1982），美国爵士乐钢琴家、作曲家。
[2] 斯蒂夫·科勒曼（1956— ），美国萨克斯手、即兴演奏者、作曲家、乐队主唱。

想到无须你的臂膀,你的话就能在接下来的几分钟拥抱她,你就感觉到一阵短暂的安慰。

你度过了一个炼狱般的秋天。从未这般温和、阳光明媚的十月,你无法享受。你步履维艰地上着课,一回到家就躺下,听着比莉·荷莉戴的歌和她悲伤的、儿童般的嗓音。我坐在椅子里/充满绝望/没有人能这么伤心/四处都是黑暗/我坐着发愣/我知道不久我就会疯。你睡觉,再也不去看尼古拉和塞巴斯蒂安,草草地跟他们说你太忙。小小的、昏暗的房间像一个黑洞,将你吸了进去。你在等消息,不是告诉你艾丽莎遇到了什么人——她会撒谎,毫无疑问,而是告诉你最好趁着异地结束你们的关系。

你甚至没法来康涅狄格小屋放松自己,因为我们搬走了,暂时住在新泽西的某个地方,除非开车,否则你来不了。今年带薪休假期间,我在法国和美国之间来回。十一月的一个下午,你在乡村咖啡馆找到我,向我吐露你对谁也没说起的事:有时候你很容易变得抑郁,这时候你对世界的看法就会非常消极。现在就是这种状况。你吞吞吐吐地向我描述着这种情绪,它犹如一股黑色的潮水侵入你的生活,扼杀掉你所有的欲望,这种空虚如流沙一般将你吞没。你试图命名这种虚无,赋予它一种存在,将它置于远处,建立起一种防御。你独自一人时,这片黑暗,像墨汁一样将你淹没,在一家纽约咖啡馆里,在一杯卡布奇诺面前,当着朋友的面,你说出这些话;它们之间有什么关联吗?

我摇了摇头。你，抑郁？你是我认识的人中最不抑郁的一个。没有人比你更热爱生活，更能领略其中的乐趣和妙处。我肯定你目前的忧伤只是异地恋引起的痛苦，你应该承认。再说，电子邮件也许不是什么好事：它的及时性不能让你复看自己的消息，这对你不利。你的愤怒让艾丽莎不知所措，而她的沉默又会激化你的愤怒，如此陷入恶性循环。你点点头：的确，你越是给艾丽莎写邮件，她回复得越少，反之亦然。没日没夜的邮件轰炸。你的消息越来越狂躁。消息太容易发送了，只需要轻轻一点，你根本克制不住。

你我亲近起来，跟去年遇到艾丽莎之前一样。我们几乎每天都通电话。十二月的时候，挺过险些造成婚姻破裂的重大危机之后，我跟亚历克斯住到了曼哈顿。爱情度过危机的能力就是我定义它的方式。你开始理解，开始不那么幼稚。

一月初，你二十五岁了。你在巴黎跟艾丽莎庆祝生日。她送了你一件羊绒毛衣和柔软的小山羊皮制作的书包，这些贵重的礼物是她精心挑选的，你觉得这象征着她对你的爱情。你们和你妈妈、妹妹一起过了圣诞和新年——你妈妈有些消瘦疲惫，化疗之后她的头发掉了，但她还是一样雀跃地欢迎你回来，她见了你的女朋友，她很喜欢。艾丽莎查了些资料，谈到你的妈妈，她懂得用一些让人宽心的话语：乳腺癌已经及时被控制住了，一切都会好的。这十五天里，你和艾丽莎每日每夜都在做爱。

一月中旬你动身回纽约的时候，你又变得开心、活力四射，变回你本来的样子。你只要等一个半月。三月初，她就会来纽约，你们要一起去加勒比。你梦想着太阳、大海、棕榈树还有她涂了防晒油的身体，炽热而柔软的身体。终于到三月二日了。你本可以再坚持一个星期的。你去肯尼迪机场接她。她十九点降落。你盯着自动门，盼着她娇小的身影和黑色的头发。也许她是最后一个出来的。可能是旅行箱出了毛病。这很艾丽莎。二十二点了，你抱着侥幸心理来到行李区。这里几乎也没什么人了。可是，她不在，不在传送带旁边，附近也没有她的身影。也许是早上来飞机场的路上出了什么意外，也许最后一分钟她决定不来了。你心里知道这两种可能中哪一个可能性更大。二十三点，你死心了。你坐上大巴，换乘 A 线。肯定有一条分手的信息在家里等着你。等你回到你的小房间时已经十二点半了。艾丽莎正躺在地上的床垫上，半睡半醒。跟你合租的人给她开的门。你又开心又生气。她从哪儿冒出来的？她说她等了你的，可是没看到你，她以为你突然有什么事。现在她不想说话，旅行劳累再加上时差，她累坏了。

巴哈马之行和这次接机的场景一样，一切都是错位的。天空又低又暗，冷风吹着，地平线上有一场龙卷风在逼近。你感觉即便在这里，身处热带，她也一直在想延期的博士论文。你们确实也做爱了，毕竟晚上五点天一黑，也没什么可做的事情。两周前她的合租客们组织了一场晚会，你偶然知道那天她跳舞一直跳到了凌晨三点。就这件事情你从白天问到了晚上。她怎么会忘记在少得可怜的邮件回复里提到这件巴黎生活中唯一的大事呢，而且还发生在她家里？你的直觉告诉你，这次聚会她遇到了一个男人。艾丽莎从来都不是一个健谈的人，但是在她简洁的回答中，在她黑色的瞳仁中，有一种只有坏良心才能解释的口是心非。你模仿斯万的诡计跟她说，禁欲几个月加上一晚上喝酒跳舞，你能理解她屈从了诱惑。这没什么大不了的，也不会毁掉你们的爱情，但是谎言会。你恳求她说出事实。你感觉她几乎就要妥协了，然后突然缩了回去，她似乎从你眼中看出了你审问的真正动机，并不是毫无私心地想要知道事实，而是一种嫉妒。你提出的问题像是聚光灯，投射在这非同寻常的聚会之夜，她却不断否定，给它笼罩上一层层阴影。虽然天气有些凉，你们还是去游泳了。沐浴驱走了有害身心的瘴气。你受了凉，等你们回到纽约，感冒已经转化成了鼻窦炎。

这是艾丽莎离开之后你对我说的第一件事情：

"她骗了我，我确定。"

我反驳道，艾丽莎爱你、对你忠贞不渝，可是这么说也无济于事，和去年春天相反，我现在相信你们的关系有未来，只要你压制住你的焦虑，然而，你觉得相信我也无济于事，你知道，就像二加二等于四，你相信这不是距离虚构出来的充满嫉妒的空想。这不是悲观主义，而是自知之明。

你再也无法忍受她的缺席。从三月中到五月末，接近两个半月，太漫长了。你要求艾丽莎四月来。你需要这份爱的证明。她却躲躲闪闪。一个星期过去了，她还没跟你说她抵达的日期。你一封接一封地给她发邮件。四月中的一个早上，你给她发邮件让她买机票，一直发到晚上。夜色降临。她没有回复。你每隔半小时、每隔一刻钟、每隔五分钟就给她发邮件，你命令她回复你。现在是纽约早上四点，巴黎六点，两周以来，你就没有睡过，你精神亢奋。如果现在她跟你在房间里的话，你知道你要做的是什么：扯掉她的衣服，直捣后庭，你要用丝袜勒死她。你恨她。你感觉到由于缺氧，疯狂占了上风。她是将你拖入深渊的脚镣卜的铁球，你们要一起溺死。只有一种方法能让你的头探出水面，得到让你呼吸的空气。分手。打碎将你们联结的关系。让她走。早上六点，你发出这些让自己解放的文字："结束了。"

这一次，她回复你了。她保证当天就订机票，还告诉你她到现在才给你回信，是因为她对你的反应感到害怕，在巴哈马的旅行花了很多钱，她的奖学金不够支付租金、账单、偿还学生贷款，不够开销在巴黎的生活费。她的学习拖得太久了，她想着你们还能再等一个月，直到你五月底过来。她可悲的实用主义在你的嘴角扯出一丝轻蔑的苦笑。二十分钟之后她发来消息说她准备头机票了：她后天到。你回复她不要来。你的决定是经过思考的。"太迟了，"你写道，感觉到这些斩钉截铁的字眼里的残忍和快感，你的头刚探出水面就被它们击毙，"结束了。"电话声响，留声机接通了。她在呜咽，求你接电话，重复着这几个愚蠢的字眼："我爱你。"[1] 也许她爱你。可是这是一

---

[1] 原文为英语。

份没有可能的爱情。

后来的几天，你在纽约大街上走着，你耳朵里塞着随身听的耳机，脚步丈量中央公园，随身听里奔腾着《科隆音乐会》音符的洪流，音量开到最大，像是为了将你击晕。从北到南再从东到西，你穿过城市，带着手机和电脑逃离你的房间，用疲劳麻痹自己。一回到家，你就喝酒。喝一些见效快的烈酒。我去匈牙利参加了一个研讨会，从匈牙利回来的早上，我接到你的电话。你极度需要听到朋友的声音——需要温柔、同情，需要一只凉凉的手轻抚你发热的额头。我知道发生了什么。去布达佩斯的途中，我在巴黎见到了艾丽莎，就在你跟她分手的那一天。我问你好不好。

"很不好。我已经三周没合眼了。我像是掉进了谷底。"

"可是你为什么分手呢？我才转过身，你就尽做些蠢事。艾丽莎爱你，你也爱她，为什么要受这种苦？结束这一切的方法很简单啊，给她打电话，告诉她这种痛苦让你发了疯。"

"你不懂！"

你说话时的动作里有几分疯狂，是的，可是你别无选择，这么做同时解救你们俩。艾丽莎激起了你的恨。她唤醒了你最坏的本能。

"我做不出更好的决定了，卡特琳。这不是一时冲动。我考虑了很久。这是为她好也是为我好。我确定我做得对。"

"这样最好不过。反正，艾丽莎和别人出去了。"

"什么？谁？"

你叫了出来。

"某个你不认得的人"

"在美国大陆航空上班的合租客?"

"不是。他是同性恋。是她四年前跟乔什住在巴黎时遇到的人。"

你在疯掉的大脑里仔细排查艾丽莎上一次在巴黎时认识的那几个人。你用失恋人士的直觉猜测着:

"你的画家朋友?"

我的沉默确认了这一点。你发出可怕的叫声。你挂了电话。

我立马拨了回去,留言让你接电话,告诉你艾丽莎并不爱画家,她再见他只是因为刚分手,这只是加利福尼亚人避免被忧伤吞没的方式。你的沉默让我害怕,一小时后,你接到了你妈妈的电话。艾丽莎在我的警告下把她找来了。这一次,你接电话了。你在电话里抽泣,在你妈妈虚拟的臂弯里。

两天后,你收到我的信,请求你原谅我的鲁莽:我不想伤害你,只是想让你直面自己昭彰的欲望,也为了给你一记类似电击、有益健康的刺激让你改变分手的决定。还不算太迟,艾丽莎只是在等你的一个电话。

你以为我是你的朋友。你给我打电话是为了吐露你的痛苦,而我的话却像一块烙铁在你身上烫下印记。你确定是我把艾丽莎推进画家怀中的。你妈妈说得对,我是一个女巫。你给我发了一条简短的回复,上面写着我是个坏人:残忍的怪物。

不用说，你再也不会见我了。

你把自己封锁在昏暗的房间深处。你妈妈每天给你打电话，你只接她的电话，这个勇敢的女人和疾病战斗着，而你和痛苦战斗。渐渐地，随着四月末春天的到来，浅粉色的樱花第一次盛开，花瓣落满了走廊，落成一块雪白的地毯，随后，光秃秃的树干上出现了芽苞，兰花开了，你身上的某些部分恢复了生机。好朋友陪在你身边，塞巴斯蒂安和尼古拉。你为他们的报社写文章，陪他们去周末的聚会，你重新找回了撩拨的欲望。

五月末，你收到了艺术管理的硕士文凭。六月中，在动身去法国之前，你在106号街上找到了一间漂亮的套房和一个可以合租的租客。这间房子在底楼，但是很敞亮，因为街道很宽。地址很完美，离学校只要十分钟，到中央公园和河边公园也是。从家里出来，两边都能看到树。你给自己留了客厅、一个有着两扇窗户的房间，窗户上凸出来的黑色窗框有些西班牙的风格，另一个朝向昏暗院子的小房间也轻轻松松地租出去了。多亏了你的计谋，你的房间棒极了，每个月只要两百美元——比122号街上的老鼠洞还便宜！你开始了新的生活。开学的时候，你选了一些文学课。你会是自由的。你感觉自己身后是蜕下的一层皮，你感觉到新生。而且，你觉得你也没失去艾丽莎。当你谨慎地给她发消息，问她你能不能在巴黎见见她，那个一直退缩在屏幕背后的她立即回了好。

你在六月的这天走进波堡咖啡店，在大厅的另一头看到她，她向你抬起头，你朝她走过去，没有朝她伸出手，也没有亲她的脸颊，当然是因为这种肢体接触会让你们尴尬。她的眼镜让她看起来有点严肃。眼睛过敏导致她不能戴隐形眼镜。她讲述她的巴黎生活，一如既往地自嘲：她享受巴黎享受得太少，她挺后悔的，然而如果她希望抓住这个冬天人才市场的机会，那论文的进展就显得万分紧急了。她口吻严肃地说着话，表情专注，好像什么也没发生过似的。艾丽莎全神贯注地说着。你的注意力却只有百分之五十在她的话上，你的目光定格在她樱桃红的嘴唇上，当你打断她，表达你想要立刻把她吞了的意愿时，一股电流同时将你们击中。她下垂的眼帘让你生出一种疯狂的温柔。你们去塞纳河畔漫步。夜色已经降临，你自然而然要跟她回家。

第二天早上，艾丽莎就和画家分手了。她的皮肤白皙而暗淡，唤起了你手心的温柔。黑色发髻下，弯鹤颈般修长的脖子，这是你最爱的发型。你们并没有错失这一年，因为痛苦给你们带来了确信。复合浇筑出一份笃定而永恒的爱情。你们之间曾经有过的不睦、拉扯、痛苦都被和谐、从容和感恩代替。也许爱情是辩证的，它需要否定让自己绽放。

回到美国，艾丽莎重新租下她在纽黑文的单人间。你们周末时见面，大多数时候在纽黑文而不在纽约，因为她太忙了。你开始了你的文学博士生涯，每周只有两节课，这些事不会把你压垮。你受不了分别与再见。可你也不打算住在纽黑文。这个城市太小，你会无聊死的。

你们计划周五或者周六晚上出去，去耶鲁医学院的电影院，去剧院或者酒吧，艾丽莎总是盘腿坐在电脑前，穿着厚运动裤，裤子显得屁股很大。她用卡子卡住头发，鼻梁上架着眼镜，皱着眉头，一副犟驴的神情，删掉她刚刚打出来的句子。她让你想起《闪灵》中的杰克·尼克尔逊。你已经知道她会回你什么：她没时间出去。可以说她打造出一只盒子，里面囚禁着她自己。你讨厌她摆出一副居高临下的表情跟你说，你不懂，因为你只是一年级的大学生，而且你才二十五岁，可是对她而言，现实的生活已经开始了。有一个晚上，她让你很生气，你向她抛出几个颇具分量的事实：不是依靠这篇单薄的博士论文，她就能工作的。她该用钳子拔掉她论文里的每个句子。何况，她的朋友卡特琳也是这么想的。

"她总是跟我说你顽固不化、见识短浅，根本不适合学文学。"

你击中了她的要害。艾丽莎脸色苍白，想知道我是不是真的说了同样的话。能一石二鸟让你十分得意。你不再信任我，让她和我疏远，对之前我对你做的事情进行报复。

之后，在床上，你又安慰她。她当然不蠢。在每个句子前犹豫、兜兜转转，觉得所写的东西一无是处，又抹去，这是聪明绝顶的表现。她被疑惑搅乱的脸看起来如此美丽，抬眼镜时近视的眼睛微微斜视，朱唇微启，露出一口好看的牙齿。

你试着说服她一月就搬到纽约。明年你们就要分开，因为她可能在美国的任何一个地方工作。你们需要日常生活的经验。你颇有些惊讶地得知在这一点上你我不谋而合。我在耶鲁教书却住在纽约，我让她相信坐火车每个星期来来回回三个小时虽然有些累人，但也可行。

一月初，艾丽莎住到了106号街，你赶走了合租客。她租了一辆货车，你帮她把她的东西和一些家具搬到车上，其中包括玻璃矮桌和水泥柱上的架子。搬这些混凝土块简直要压断你们的背，然而它们的重量是它们持久耐用的标志，而且你很喜欢它们的美学效果。你的套房漂亮多了。

这是你第一次跟恋人一起住。大房间恢复了客厅的功能。你有些不适应每天早上在艾丽莎旁边醒来。她和你一样，在喝咖啡之前不开口说话。做完拉伸之后，她要在浴室里花上将近一个小时。洗手台上方的架子被她的睫毛膏、口红、隐形眼镜护理液占领，还有她建议你用的牙线，并向你保证它可以防止你掉牙。在某些话题上，她是一个不折不扣的拥护者，例如她想说服你用哑铃锻炼你的背部肌肉或者听"声名狼藉先生"[①]，今天她称之为迈尔斯·戴维斯的歌。你几乎不再出去玩，因为她晚上太累。你喜欢这种懒散的宅在家里的新生活——健康的生活。周末的早上，你们一起沿着哈德森河或者在中央公园跑步。你们很开心，从起床一直到睡觉，晚上你们不停地大笑。她不去纽黑文的日子里，烤洋葱、烤青椒、加了香菜的烤羊羔的香气在套房里弥漫，你则在客厅里喝一杯波尔多，读点

---

① 原名克里斯托弗·华莱士，美国嘻哈音乐人，歌曲轻松流畅，歌词长于叙事，具有半自传性的特点。

书，听点勃拉姆斯协奏曲。你感到自己安定下来。你们在玻璃矮桌上吃饭，坐在放在地上的靠垫上，你们坐在电视机面前，和全美国一起，追着 O. J. 辛普森的案子，这宗案子比最引人入胜的电视剧还要引人入胜，你们被科克伦的辩词迷得眼花缭乱，案子双方内心其实都同意：就算辛普森谋杀了妻子和后者的情人这一点毫无疑问，就算金钱赎买了他的自由，说到底，在这样一个双重标准的美国，一个有罪的黑人被宣告无罪，不公平吗？

跟艾丽莎的谈话里，只有十二月的一次没让你吃惊：在顽强地努力了几年之后，她的博士论文只有七十页。让你吃惊的是她一月底得到消息说她被录用了，胜算更大的候选人选择了另一份工作。她自己都难以相信，明年她就会在威廉斯学院教书，这是一所非常不错的学校，位于伯克希尔山中心。你买了一瓶凯歌香槟为她庆祝。她似乎完全没想到你们要分离。你没法住到那里，你有自己的课要上，还有其他的课要教。威廉斯开车只要四个小时，她说，你们周末可以见面。你注意到她有点过多地提到她将来的老板，一个五十岁、刚离婚的男人。当你提醒她这一点时，她耸了耸肩："托马，他都那么老了！"就算她抬眼望向天空，你还是预感到了她尚未觉察的事。

你们吵得越来越多。当她因为来回火车票太贵，不再付月末的账单的一半，却又买了一双意大利制造的靴子或者一只她完全不需要的酷彩铸铁锅时，你生气了。你气她十点钟回来，而不是九点，因为她跟学生说话被绊住了脚，她根本想不到共同生活就意味着规律的作息。五个小时的课和五个小时的火车，累得她连说话的欲望都没有，更不用说对你的欲望。她越是不抵抗，你的辱骂越是层出不穷，花样翻新，出现各种鸟类的名字，尤其是当你喝了酒还喝多了的时候。

也仍旧有美好的时刻，比如六月在消夏的巴黎听凯斯·杰端在普勒耶尔大厅的音乐会——这一晚令你们难以忘怀，伟大的钢琴家听到观众的咳嗽，威胁要停止演奏，这种毫不妥协的严谨，得到了你们一致的钦佩。还有七月中旬在拉维列特的另一场音乐会，艾比·林肯受比莉·荷莉戴的启发，令你惊喜地用法语唱了一首你小时候最爱的歌，很多观众都跟着唱。当你听到这个美国黑人发着大舌音，演绎着莱奥·费雷的歌词时，你的眼泪流了下来，时光流逝，飞逝，一切飞逝／另一个爱人，雨中寻之，／目光流转，另一个是谁／字里行间，粉饰之下／誓言失真，遁于黑夜／时光流逝，一切消散……除却这些和睦的时刻，你们之间的距离越拉越大。分别步步逼近，你们只字不提，你感觉，她已经走了，已经离开了，已经精神生活在伯克希尔山了，已经离开了你。你跟朋友们出去的夜晚她更愿意躺着睡觉。

有天晚上你比往常回来得更晚，你打开大门，看到过道里放着你们用来拼成一张大床的两张床垫中的一张。艾丽莎把你像一条狗一样丢在了过道里。一阵暴怒攫住你的心，你故意弄出很大动静走进房间，就是为了把她吵醒。她没在睡，开始对你说教，说你每天晚上都打扰她，她没法工作，她太累了，她在你身上激发出无限恨意,恨得你扇了她一个耳光。你的手掌扇在她脸颊的那一声,惊呆了她,也惊呆了你。艾丽莎开始掉眼泪,你解释着,你也哭了,你们一起倒在床垫上,匆匆忙忙,交融在一起。

早上你听到新闻里妮娜·西蒙由于用一把铁丸手枪打伤了一个青少年,在普罗旺斯的一个乡村被捕,事情的起因是他在隔壁的花园里弄出了太多噪声。不难想象听到十五岁男孩子们跳进游泳池时的叫喊声和愚蠢的笑声时,这位著名女歌手胸中腾腾升起的怒火。安静!一颗子弹就能回应这些愚蠢、放肆、自私和庸俗。你可以理解这种想要杀人的欲望。你让艾丽莎帮你寄一封信,她不仅晚了一个小时到,还忘了这件事。这么简单的事,从她的包里拿出一封信,再丢进信箱里,她都做不到。从她囚禁自己的气泡里走出来哪怕一分钟,记得些许与你有关的事情都超出了她的能力范围。她跟你说了一件尴尬的事,她从自行车上摔了下来,摔疼了脚踝。你们原本要一起去听音乐会。

"你真是蠢。你别去了,我一个人去。"

你自己去了。你在克里斯朵夫家,和塞巴斯蒂安、马修还有尼古拉一起,喝了好几瓶酒,凌晨三点你回来了,艾丽莎不在房子里。她的电脑不在桌子上,书也不在。衣橱里的衣架空了,没了她的裙子。她给你留了话,告诉你她在我家。

三天之后,你给她打电话。听到她电话里的声音,你像是碰到了火盆,欲火焚身。你已经三天没睡了。你只想做一件事：把她抱在怀里。你要求立刻见她，停下手里所有的事情。爱不能等。她已经跟一个女性朋友约了吃午饭。你很肯定是个男的。你死乞白赖也没用。她拒绝取消约会。你开始骂她，她警告你：

"托马，我要挂电话了。"

她挂了电话。

八月末，她租了一辆厢式货车来纽约拿她的东西，拿到威廉斯去。她拿走了哑铃，水泥砖丢给了你。

/ 第二部分 致未能拯救的朋友 /

野人

你关掉闹钟起床，脚步有些不稳，套了件衬衫，穿上裤子，放音乐，刮胡子，热咖啡，九点差一刻，出门。就算走得快，你也要迟到了，不过迟到十分钟，老板不会说什么的。太阳照得你眯缝起眼睛。你忘了戴你的雷朋太阳镜。你迈着轻快的步伐，大步走进96号街旁边的公园里，波光粼粼的湖面上倒映出摩天大楼的形状。早上很多曼哈顿人在这里慢跑。身形瘦长、穿着紧身运动背心的年轻女人和光着上半身的男人从你身旁跑过。每天早晨从公园穿过都会给你带来同样的乐趣。又是美妙的一天。你一会儿去湖边的船屋饭店吃早饭，跟快活的视听女专员一起。

三十岁将近，你的朋友们都渐渐安顿下来。塞巴斯蒂安回到了巴黎，他接受了《自由报》的职位，跟女朋友在那里定居了；尼古拉同居了，在纽约一家跟文学相关的机构里工作；苏菲开了一家唱片公司，跟朋友一起搬进了新家。克里斯朵夫考到了教师资格证，跟他的爱尔兰女人结了婚；马修做了巴黎九区一家大饭店的主厨；就连你二十六岁的妹妹都在企业找到了一份工作，而且刚刚告诉你她怀孕了。你呢，你一直是学生，还单身。你还是住在106号街的公寓里，跟那个付四分之三房租的房客住在一块。你依旧如此热爱纽约，不想和任何人交换生活。

你走到大都会博物馆的后面，穿过第五大道，骄傲地走进房顶上挂着国旗的建筑里，墙体很厚，完全将热浪挡在了外面，这里不需要像在美国办公室那样开冷气。你跟门卫聊了几句，他的女儿快结婚了，你看了一眼门口出自米开朗基罗之手的丘比特雕像，踏上铺着红毯的白色大理石砌成的宽阔楼梯爬到二楼。在这里你感觉就像在自己家里。你在纽约，却感觉像在法国，在你的故土。从你跟两名助手共用的办公室望出去可以望见中央公园里林木森森。你开始问自己，在文化部门的职业算不算得上理想。组织一些活动，采访一些艺术家、电影人、小说家和知识分子，碰撞出话语的火花，你擅长这个。三个月前，在哥伦比亚大学的一场鸡尾酒酒会上，你碰到一位文化参赞，你让他相信你具备这些能力。这个夏天新部长任命期间他们需要人手。他让你把简历发给他，然后这事就成了。无须参演《外交风云》[①]，这份实习工作就为你开辟了这条道路。

领事馆要准备一次部长访问，你作为翻译负责陪同。这是

[①] 又译《奥赛站台》，2013年上映的法国电影，讲述了法国外交部里的故事。

一种荣耀。你渴望凸显自己的才华,向他表明你不是随便什么"小"助理,不只是因为个子高。这是一位左翼部长,和善、智慧、博学,甚至读过小克雷比雍。你跟他在一起很放松,像是跟妈妈的朋友在一起。你给了他很多有关美国大学注册程序的建议,他的女儿二十岁,正在巴黎政治大学读书。第二天早上,你起得更早,你们要在联合国会见几位世界级重要人物。你穿上外套,系上你唯一一条领带,这是一份来自妈妈的礼物,为了确保不迟到,你还叫了一辆出租车。这是你第一次踏进东河边上的联合国大楼,大楼前飘扬着成员国的国旗。进出需要出示护照,从安检侧门走,不过,如果是陪同部长的法国代表团成员,就会备受尊重。很有意思。大学这个小世界里没有多少对权力的垂涎,政界里的花样就多得多了。跟国家首脑共进午餐之后,针对中东地区和平进程的讨论热烈非常,在你脑中激发出无数想法,以至于你抬高了自己的声音加入到讨论之中。内塔尼亚胡饶有兴味地听你说着。你看到他斜过身子对一位助手耳语。毫无疑问,他在问你是谁。

　　回到办公室,你得知参赞要召见你。消息传得可真快。你走进房间,准备向这位允许你为文化部门服务的男人热情而谦虚地致以感谢,他肯定会为只能给你提供签当地合同的职位表示抱歉——事实上,这是最好的,虽然报酬低一点,而且享受不到外派机会,但是任期不受限制,可以无限续期。没等你坐下,他就向你宣布你被辞退了。你目瞪口呆。

　　"什么?这是个误会!"

"你不仅没有翻译部长说的话，比洛先生，您竟敢打断他的话以法兰西的名义发言。您把最起码的阶级观念都抛在了脑后。"

覆水难收。你被要求立刻出去，不得再踏足法国大使馆的文化部门。门卫送了送你，很遗憾，他挺喜欢你。你甚至没有时间跟视听女专员道别。你回到第五大道，失魂落魄。现在，你完全有去公园里散散步的自由。然而兴味索然。

当你跟尼古拉说到这件事时，他快笑死了。他笑得很开心，你很快也加入了这欢乐的笑声里，虽然这欢乐的笑声舒缓了羞辱的灼伤，但是你并不为这一严重失误感到骄傲，因为它终结了你原本有得选的外交生涯。

这是一次前所未有的重大过失，前所未有地重大，大概普鲁斯特这种人都可能有这种过失。你记起《追忆似水年华》中的一段，在一次接待中，"我"远远地看到盖尔芒特公爵在跟一位国王或是王后交谈，并明显地对他示意，好像在让他过去。你可能会立马跑过去加入他们的谈话，而"我"却避让到一边，从远处简单地对他们致了敬。第二天，盖尔芒特赞美了马塞尔的父母对儿子的优良教育以及他致敬时动作的高雅，并没有提这种美德中最让他们满意的关键：慎重。

说到底，虽然你能自在地与人周旋，不过你最好还是跟死人交流，他们不会那么快地指出你的错误。做大学教师吧。

完成博士学习的第一阶段，你决定在最后一年做普鲁斯特的博士论文。还有谁能让你想花上三四年去研究呢？你将要探寻的这片大陆并非一块处女地，你不得不如大家说的那样打出好几卷烦人的注释。不过，只要一读普鲁斯特，你就复活了。普鲁斯特是治病之良药，是生命之盐，是能让你从平庸中抽身的唯一。你定了一个颇为宏大的主题，雄心勃勃：普鲁斯特与古典主义。你打算论证普鲁斯特出于音乐上的亲德性而区别于民族主义和反犹主义作家，比如在世纪之交丰富了法国古典主义的莫拉斯[1]、都德[2]和巴莱斯[3]。基于对音乐的深入认识，你的论文得以从作品的政治角度着手。一个讨巧的选择，所有政治性的东西都深得美国大学的欢心。

你还有另外一个主意可以作为你的论文的艺术延伸：在朋友苏菲的公司录制一张有关音乐家普鲁斯特的唱片，将他的文字和他喜欢的音乐片段相结合。你想象不出还有比声情并茂的诗歌更美好的方式来向这位大师致敬。你将会用自己的声音朗读文本。苏菲介绍你认识了一位年轻的钢琴家，她对普鲁斯特的热情丝毫不亚于你，她还有一样稀罕物品，一封在拍卖会上买到的普鲁斯特写给雷纳尔多[4]的手写信，你满怀崇敬地端详着这封信，发现普鲁斯特写的"d"跟你的很像，出于一种迷信，你有点感动。你人一在法国，苏菲（普鲁斯特钢琴家）的

---

[1] 莫拉斯（1868—1952），法国政治家、诗人、记者，主张民族主义，反对浪漫主义，推崇古典主义的原则。
[2] 都德（1840—1897），法国作家，短篇小说《最后一课》为其赢得"爱国主义作家"的称号。
[3] 巴莱斯（1862—1923），法国作家、政治家，法国民族主义领军人物。
[4] 雷纳尔多·哈恩（1874—1947），委内瑞拉裔法国作曲家，普鲁斯特的好友。

小提琴家丈夫和你就会一起度过畅快酒酣的长夜，实施这份计划。

至于你的论文，你眼下已经找到了导师：索邦大学和哥伦比亚大学的教授，他常年在两座大陆之间来回。他一只脚在纽约，一只脚在巴黎，在最负盛名的机构中任职，这就是你期望过上的生活。作为蒙田、波德莱尔和普鲁斯特工具书的作者，这个男人在法国非常有名，是一位权威人士。他的学历令人咋舌，曾是中央理工生、综合工科生，因而他多少有一点刻板。一个转向文学的理科生。他不是某一个作家的专家，这一点你很喜欢。他学识上的极致精确让你着迷。他接受指导你的论文是你的荣幸。

自从塞巴斯蒂安回到巴黎，你的生活重心重新回归到了纽约北部。迎接了新恋情和新职业生涯的尼古拉，跟你越来越疏远。自从跟艾丽莎分手，你就再没见过我。你从我弟弟那里得知我已经离开纽约，三年来在我教课的纽黑文和亚历克斯工作的布拉格之间来回。你在哥伦比亚交了两个新朋友：来自阿拉巴马一座小城的萨姆，他跟你是同一个导师，研究波德莱尔和马拉美的散文诗；托尼，来自底特律的意大利裔美国人，你跟他一起写了一部好莱坞剧本，一个纽约人和阿拉巴马人之间半幻想的爱情故事，指望着靠它赚一笔钱。你们度过几个夜晚讨论德勒兹和葛兰西[①]，甚至还讨论比尔·克林顿的风流韵事，这

[①] 葛兰西（1891—1937），意大利共产党领袖，思想家、文艺理论家。

位总统越发让你喜欢。还能在哪个国家找到一位总统能演奏萨克斯、抽大麻而不吸烟雾、在椭圆形的办公室桌子上"吹笙"而不进行性行为呢？你很喜欢比尔在大陪审团面前说的一句话："这取决于'是'的意思。"[1] 美国成了一个口交艺术和细微的语法差异充斥政治辩论的神奇国家：真是一场闹剧。

这种过分解读让你的妈妈也大笑不已——在她还有力气大笑的时候。你在她的床边度过了整个假期。在乳房切除和化疗之后，她的病情有过好转，大家都以为她能挺过来。九月，做常规体检的时候，医生发现癌细胞转移了。冬天的时候，你买到一些不太贵的机票，纽约离巴黎也不算远。有时候，你会在大周末给她一个惊喜。她一看到你，脸上就放光。她没有头发的脑袋让你一时难以接受。从医院出来之后，你就在克里斯朵夫的怀里哭了，是他开车陪你去的医院。十一月末，你带妈妈去了威尼斯。在这美妙的三天里，你们沿着阿卡德米亚区纵横交错的水道漫游，她挽着你的手臂，跟你在一起太幸福，即便累了，也没告诉你。回来的时候，她精疲力竭。毫无疑问，这是你们最后一次旅行了。你没法相信有一天她会消失，因为你们之间的爱实在太强烈了。

三月，你的妹妹诞下一个小姑娘，你做了她的教父。当你的母亲走向消亡，这个迷你的新生儿，这个和你有着同样血脉的新生命，看到她，你比原本期待的还要激动。想到你了如指

---

[1] 原文为英语。

掌的妹妹、偶尔言辞锋利实则和善的妹妹、思想务实的妹妹、人人可以指望得上的妹妹，生产出一个独立于她的存在，一个满头金色鬈发、长着大大的圆眼睛的小姑娘，你就感慨万千。这是现实中你永远也做不到的事情。

四月底，课一结束，你就跳上飞机，去见你的妈妈、妹妹和宝宝。跳，如果可以这么说的话，因为你的膝盖疼得凶，那年夏天你的半月板做了手术，而就是那个夏天，你的妈妈去世了。

她消失了，那个无条件爱着你的她，那个不断地把你跟那些比你成功的朋友作比较的她，那个你还没来得及送一本书作为礼物的她，那个把你放在心里、以你为标准去评价他人——即便是最无关紧要的人的她。你的妹妹、你的父亲和你，把她安葬在诺曼底的公墓里。除了尼古拉，你最亲近的朋友们都到了，所有认识你的母亲，并爱着她的那些人：塞巴斯蒂安，"噻巴"，最忠实的朋友；克里斯朵夫·赫伯特，最温柔的，你一见到就想拥抱的"波"；马修·勒卢，认真慷慨的"狼"，在你的妈妈还能品尝美味的时候，他为她做过一些精致的小菜。你们四个开着塞巴斯蒂安从他爸爸那里借到的沃尔沃一起到诺曼底，"狼"说他急着尿尿。你们在高速公路上靠边停车，你伤感地听着他没完没了的尿声。一个微笑倏地在你嘴角浮现。

"卡尔瓦多斯要被淹啦：启动'救援机构计划[①]'呀！"

[①] 法国多功能风险控制系统，最初用来防控自然灾害。

你想象耳朵上挂着两个耳机，轮流扮演舍韦内芒——卡尔瓦多斯的省长和卡昂市长，向消防员传达指令。

在墓地，你站在你妹妹身旁。她哺育的小小女娃娃，你是这个娃娃的教父，她的存在保护着你的妹妹。她有了一种宁静的力量。你们是孤儿了，你们前所未有地亲近。

膝盖手术之后，你一直拄着拐杖走路。在墓前，你读波德莱尔题献马克西姆·杜坎的长诗《旅行》。你朗诵了最后几节：哦！死亡，老船长，时间到了！拔锚吧！／这令人乏味的国度，哦死亡！起航吧！／如果海天一色，黑如船锚，／你所熟知的，我们的心便洒满阳光！受朗诵的激情感染，你朝着天空举起手臂，忘记了手里还拄着两根拐杖，朋友们见了都破涕为笑。

新千年前的那个秋天你遇到了安娜。

你在系里欢迎宴的鸡尾酒会上注意到了她。她小麦色皮肤，轮廓精细，留着刘海，头发盘成髻，和艾丽莎一样有着颀长的脖子，圆圆的眼镜后面是漂亮的灰色眼睛，腰肢纤细，有点出演电影《小女贼》和《简·爱》的夏洛特·甘斯布的味道。

她也注意到了你。不注意到你很难，因为你比所有人高一个头，而且说话声和笑声都比其他人的响亮。当有人提到狗的忠实时，你拿"狗趴式"开了个玩笑，其中和性相关的内容激起了她爽朗的笑声。她叫安娜，刚刚二十三岁，来自布加勒斯特。罗马尼亚人！你的兴趣又多了一重。她在巴黎待了两年，说一口流利的法语。她来这里跟她在哥伦比亚学生物的姐姐团聚，和她同住一间套房。她的父母一直住在布加勒斯特，在那里做老师。一个教理科，一个教文学，两个哥伦比亚的奖学金生，一个智力超群的家庭。你们只相差八岁，可这几乎相差了一代。安娜十二岁那年，柏林墙倒了。那时的她是个瘦弱的小女孩，扎着两条棕色的辫子，每天下午去上舞蹈课。

五年前你跟艾丽莎分手之后，你跟不少姑娘睡过。在纽约，热衷女人的男人并不多。你个子高，会讨人欢心。一个眼神，有时候，伴着放肆举动的一句话，或是一个深情的拥抱，你立马就能跟一个完美的陌生人建立亲密关系。奇怪的是，安娜让你胆怯。是因为她柔弱娇小的小女孩举止之下散发出的威严？你自视为罗彻斯特先生[1]，然而当你向她提议去喝一杯的时候，她回复说她没有时间，忙着看书、上课和搬家。

秋天的时候，你在系里偶然遇到了她。她依然很疏远——相信你引诱者的名声已经随着一阵的不怀好意的风吹到了她的耳边。一月，你走进巴纳德学院的一间教室，来参加一个本学期受邀而来的法国诗人的研讨会。安娜也在，她是在场的唯一一个在哥伦比亚读博士的女学生。这次意外拉近了你们的距离。你们习惯在课后一起吃午饭。你了解到她是位诗人，已经用母语发表了一本诗集，二十三岁就已经是一名作家了。她用

---

[1]《简·爱》中的男主人公。

罗马尼亚语为你读了其中一首,虽然你不能完全理解,但你对语言的音乐性很敏感。安娜如此直率、严肃,还是一个好同事,她完全不去讨你的欢心,你不确定她对你有没有别的什么,还是仅仅是一种同事之间的友谊。一天晚上,你邀请她去下东区一家新开的俱乐部"勒托尼克"听一场爵士音乐会,你轻轻拂过她的肩膀,这一触碰在你们之间擦出了火花。你终于感觉到了她的渴望,但你并不心急。你预感到她不会只是你带回家过一夜、两夜的那种姑娘。你等了一个星期才邀请她去你家接着再喝一杯。当早上九点的开门铃声把你们从如胶似漆的状态中拽出来时,你感到双重的骄傲:一来是跟安娜说闯进来的是托尼,就是她觉得很聪明的那个人,你们约好一起写电影剧本;再者,当托尼听到"在门口等十分钟,因为有'一个女人'要把穿衣服上",接着看到房间里走出一个棕色头发、年轻漂亮、爱笑的安娜时,托尼脸上浮现既羡慕又吃惊的表情。

这就是你们这份关系中所有的开头,当安娜一个字也不解释就在电话里跟你分手时,你正在跟她提议去看电影。明明前天晚上都是温柔和欢笑的记忆。难道她在如此短的时间里就遇到了别人?你惊慌失措。你给我打电话,魂都去了。

你和我,我们已经言归于好。在你妈妈去世之后,我给你写了一封吊唁信,直击你心头,同时提到一月亚历克斯、我还有我们的宝宝重新回到纽约,我们的大门始终为你敞开。你以一封简短的信感谢我,以一种小心谨慎的语气在信里向我祝贺女儿的诞生。死亡与新生抹去了前几年不开心的事,一种新的友谊诞生了，生疏的、谨慎的、尊敬的友谊。上周你跟安娜一起来我们家吃饭。亚历克斯和她之间有语言和文化上直接的一致性。她很讨我们喜欢。你跟你的罗马尼亚人，我跟我的罗马尼亚人：终于，我们之间有了完美的平等。

这是六年来你第一次对我说一些亲密的事情，向我咨询建议。你跟艾丽莎五年前分手的创伤依旧鲜明，你怕我，害怕我可能给你带来的伤害，不过，我已经认识安娜了，你信任我作为女人的直觉。

"发生了什么，托马？"

"准确地说，没什么啊。我们昨天晚上才见的，一切都很好！她跟往常一样早上两点走的。"

"她不跟你一起睡吗？"

"不。我有睡眠困难症，而且我喜欢一个人醒来。她也是。早上是她写作的最佳时刻。的确，那一晚，她不想穿衣服，也不想离开，我几乎把她撵出去的。她就住在离我家十分钟路程的地方，又不是世界末日！我下午给她打电话，她就说分手了。"

"唔。可能她不太喜欢被撵出去。"

我建议你去看看她，并且坚持要求你所应得的解释。安娜很善良也很聪明，你们会没事的，你不能什么也不知道就放弃。我确定这是个误会，一切都会好的。

晚上你给我打电话，声音听起来很高兴。我们打完电话，你就去敲了她家的门。她在门口接待了你，冷冰冰的，冷得好像你的任何举动都是不可能的。你要求一个解释。她没有权力一言不发地就把你扔在外面，好像你是她用完就扔进垃圾桶里的餐巾纸一样。你重复着我之前用的"权力"这个词。安娜不是感情用事的人，她对此很敏感。最终她说出发生了什么。

早上两点，她回家的时候，没有从始终有人的百老汇大街走，而是决定从阿姆斯特丹大道走，这样更快一点。就在离你家几户人家的地方，两个男人把她拉进一个通向地窖的门洞里，并试图往她嘴里塞一种白色的东西，毫无疑问是毒品。她跟他们搏斗，她尖叫。神奇的是，就在那时一个男人从门洞旁边经过，一个勇敢的黑人，毫不迟疑地直面两个强奸犯，如果当时他们有武器，很可能已经把她杀了。他救了她，并陪着她，她的身体在这番恐惧后颤抖得如此激烈，以至于她几乎不能迈开腿。这种极度的恐惧、对自身脆弱的意识，都在事后转化成愤怒转嫁到你身上。在布加勒斯特，从来不会有男人凌晨两点把心爱的女孩扔在门外，从来不会送都不送她就让她走。布加勒斯特还不如哈莱姆危险，你都没保护她。

你惊呼可怕，多亏那位黑人救命恩人。你仿佛能看见那两个男人抓住安娜，把她的手扣在后面，他们肮脏的手在她的脸上、脖子上、嘴上游移，充斥着恐怖、挑唆和仇恨的气息。你想象着安娜受到侵害、在离你家几户人家的地方被杀害，成为第二天报纸上的社会新闻。你对这些男人感到恐惧，对于他们的欲望和致命的冲动感到恐怖。你身长一米九，不论白天黑夜，你在纽约大街上都很安全。你为安娜设身处地地想了想，她只有一米六二，只有四十六公斤。一只小鸟。你把她揽进怀里，连声解释，你求她原谅你，你说："再也不会这样了。"她在受到攻击之后不来敲你的门，这一点让你难以置信。在这之后，她就在你家睡，或者你送她回去。她妥协了。她又给了你一次机会。

安娜喜欢你的一切。她觉得，就算米开朗基罗的大卫穿上衣服，也没你好看。虽然在性方面她还是一个新手，但是渴望有所提高。她喜欢你身上迸发出来的快乐，就像藏在帷幔后面的脸一下子跳出来那样。当她提到一位名叫布洛克的教授，你引用了马拉美的"抚慰这由于黑暗的灾厄，坠乎人世的'布洛克'①"，随即凑向她，从她的脖子根往上，嘴唇一路呵气，眼中满是笑意："呼！"她喜欢你化用拟声词的爱情。当她听到你说"美丽的空气"②，就再也不用其他方式称呼波德莱尔了。她采用了你的命名法来称呼你的朋友们，甚至那些她还没认识的朋友，"噻巴""熊猫""狼""波"和"特灵"（你给我取的外号，瞒着不告诉我，因为你知道我容易生气）。你的发明对她而言就是最纯粹的诗歌。她完全没有对你给她取的外号生气，相反地，她从中听出了一种温柔：浣熊，洗东西的小浣熊，用法语说就是"小母浣熊③"，因为她一醒来就离开你回家洗澡，理由是她不想跟你的合租客共享浴缸，倒是辜负了你们本可以用

---

① 布洛克在这里既是这位老师的姓也与法语中"巨石"同音。
② 原文为德语。法语 beau de l'air（美丽的空气）波德莱尔的名字发音相同。
③ 此处为法语阴性词。

别样的方式度过的一段时间。你呢,她叫你"野人",这个外号是之前尼古拉给你取的。有天晚上,当你们在我家吃饭的时候,听到我的宝贝突然呜咽,我猛地从厨房跳过来,手里还拿着厨刀。"是那个野人下的,"她说,"这个野人想抱一下卡蜜儿,可他让她感到害怕!"你缩在角落,有些狼狈,发现我的女儿跟你的侄女比起来胆小得多,她比卡蜜儿大六个月,你不明白你的嗓音、你的笑声,你高大的身体向她倾过去,想要亲亲她,这些怎么会让她受惊吓。

你的伙伴们吃惊地听到你在安娜面前针对某某女生的胸或者屁股发表的言论,觉得你太不正经。可是这非但没让她不舒服,你在其他女人身上的目光反而让她觉得很好玩。你们之间的默契就是这么建立起来的。法国诗选课上有一个女学生穿了一件紧身无袖衫,衣服下面巨胸若隐若现,怕是什么胸罩都藏不住。有一天,你走上前对她说:"你的朋友们看着挺讨人喜欢,我能跟它们握握手吗?"那个姑娘盯着你,没有听懂你说的话,而安娜已经爆笑出声。她是你最好的观众。这只小浣熊绝对是只好浣熊,你从没像这样被人爱过。

而你也从没这样爱过人。她在这个世界上的存在轻柔而精密,像一只昆虫。她采集字词的蜜汁。她品尝诗般的生活,发觉那些奇特的细节,比如太阳在你汗水濡湿的颈背上勾画出的彩虹。她跟你一样喜欢玩味从美国米米总统的嘴巴里滚落的"珍珠"(或者"癞蛤蟆",依情况而定),当他断言记者"低估"他,说美国是世界"和平制造者",或者电视辩论主持人问他最喜欢的哲学家，他回应"耶稣。耶稣！"时你们捧腹大笑。这简直是一出蒙提·派森①喜剧。艾丽萨也有幽默感，安娜的体型、和善的性格、娱乐方式和兴趣爱好，这些方面跟她有些类似。你和艾丽萨不停地互相作对，然而跟安娜在一起一切变得容易而简单。她没有艾丽萨的烹饪天赋，不做任何运动，一点也不关心穿着，这种对身体和物质的漠不关心有一种绝妙的作用：什么都不会让她恼火。跟她在一起，你从来不会有如履累卵的感觉。她快言快语，从不隐藏自己的情绪。而且她是欧洲人，虽然她来自东欧，但你们有共同的过去和相同的想法。

好像非得用世纪大聚会来庆祝不可的新千年，几年前就开始在我们耳畔预热，在诺曼底，在你母亲的葬礼上，被亲朋环绕的你也悄然步入其中。三月，你离开了安娜两个星期，去日本跟因为情伤环游世界的塞巴斯蒂安碰头。这个国家让你着迷，这次旅行有魔力，你不停地用你的热情逗塞巴斯蒂安开心，用你高大的身躯和小小的小学生之间的怪诞对比逗他笑。这些小学生尖叫着给你糖果，为的就是跟你拍一张照片。至少可以说，是他们感动了你。感受过全自动马桶之后，发热的马桶圈在肾里蔓延出一股奇妙的热度，马桶里喷出一股股调皮的水流，卓越的干燥功能给人一种似有若无的爱抚，给你带来了堪称极致的享受。你饶有学问地引用了一句巴特的话："日本文化就是屁股上的情欲。"

---

① 蒙提·派森，英国六人喜剧团体，创作了英国电视喜剧片《蒙提·派森的飞行马戏团》，影响深远。

人才市场的压力，完成论文找到工作，这些都不重要了。这些只是必经的过程而已。生活在别处：在和这些欢快而具有感染力的小男孩的友谊之中；在乔伊斯所谓的"显圣"之中，在逃脱时间束缚进行内心生活的刹那之中。你最不可能安定下来。你爱极了旅行和朋友的状态。你会是时光的偷猎者、波德莱尔笔下的旅行者，有着一颗轻盈似气球的心，渴望着云卷云舒。

尼古拉的婚礼在纽约举行，聚集了新老世界的所有朋友，在这之后，你去法国度夏。你在第戎参加了苏菲公司对拉莫①大键琴作品的全部录制，你跟你的"小浣熊"一起，在一小群音乐家之间，度过了跟日本之行同样充实的三周，也许更充实，因为正如普鲁斯特所言，唯一真正的旅行并非去看新的风景，而是用另一个人的眼睛和耳朵去感知天地，以一种"我们真的想要星形的星星"的艺术。你在第戎发现，你现在是幸福的。一年前，在你母亲的墓前，你可能永远也无法相信这一点。难道普鲁斯特没有在他的《一九〇八年的小册子》里写道："幸福，只是心弦上最微小的事物演奏出的某种旋律，只是一束惹人高歌的光"？

到了秋天，事情开始变坏。你约好和托尼、萨姆出去看电影、听音乐会、去埃塞俄比亚餐馆。安娜告诉你她不来。这不

---

① 拉莫（1683—1764），法国作曲家、管风琴家、音乐理论家。

像艾丽萨没准备好。她只是累了,而且她每个月拿到的六百美元不够她每个晚上都出来。讨论一下经济问题在你看来很有必要。她太女性主义了,不会让你请客。你去跟系主任说,他再去跟语言项目的负责人说。有个博士生走了,有一节课空了出来,如果安娜马上申请,她就能得到这个工作,她的收入就会翻倍。当你跟她说这件事,虽然她感谢你帮了个大忙,对你的效率很满意,可是你看出来她面色凝重。

"你连问都不问我就跟系里的负责人说?"

"你需要钱,不是吗?"

"首先我不能去上课,托马。这太费时间了。我想写作。"

你向她解释,并保证重新跟主任说这件事。这一失误虽然补救好了,却很快在你们之间撕开一道裂缝。你开始揣测她这种反应的动机。安娜则丝毫不赞赏你在她私人生活中的这次僭越。

辗转在你的这些活动中间,你找不到时间写博士论文。你应该要写了。你已经完成四章中的一章。当你把这部分交给导师时,他的反应对你并没有什么帮助。他只是指出不太合适的地方。他是斯达汉诺夫[①]式的工作者,像一位天才雕塑家那样,在进行精心雕镂之前,总是大刀阔斧地做事情。他有所保留的评论反映出你最嗤之以鼻的特点:平庸。"托马,学习是首位的。多花点时间在图书馆。"这些话只会让你离图书馆更远。

---

① 指阿历克塞·斯达汉诺夫(1906—1977),苏联一名被载入史册的采煤工人。

你开始理解艾丽萨写论文时的卡壳。你原本期望用这些文字博得导师的赞叹，可现在这些字句平庸得连散文都比不上，一想到这一点，阴郁的情绪便将你攫住，而唯一能够对抗这种情绪的方式就是出去——比如去布鲁克林的博物馆看勒妮·考克斯的作品，这件作品令朱利亚尼如此震惊，以至于他想撤回对博物馆的市级资助，设立一个体面的委员会。

"你在逃避，"二十四岁的安娜这么对你说，"去写。然后你就能看出来写得好或不好。再去改。写作，就是反复地写。"

难道普鲁斯特自己没有花费数卷笔墨去追寻跟上流社会共进晚餐时流逝的时光吗？难道他最后没有找到吗？难道不应该从生活开始？再说了，你也不比普鲁斯特有更多的选择。你跟他一样，是坏习惯的奴隶。当你读到《追忆似水年华》中"我"运用精妙的反话描述这些习惯受到阻挠、被激怒，继而通过更激烈的方式让他病倒，强迫他喝双倍的酒，让他两天都没法沾床，甚至阻止他阅读时，任意一种想要早睡、喝水、工作的念头都导致相反结果这一段时，你笑了。落败的人就该下决心变得更为理性，也就是说，别太乖。

对安娜而言，这只是简单的意愿问题。你觉得她在以一种年轻人的激进主义评判你。她很有野心，你注意到了这一点，而且尊重权威。你想起来萨姆跟她说到你以前说过的一个笑话时她的反应。这个笑话已经有几年了，当时你萨姆、托尼和你在听一个名叫皮埃尔·福斯老师的课，现在她是他的学生。你说动了二个长头发的同学组成"托马"乐队，左右摇摆着唱摇滚，接着你以低沉的嗓音，像约翰尼·哈里戴那样扭曲腰、弯着腿站着，拨弄想象中的电子吉他的琴弦："力量！"① 当然，你还戴了太阳眼镜。教授微笑着，俨然一个好好先生，他走进教室，并不欣赏你这种中学生水平的玩笑，以及这个跟他名字有关的游戏。安娜睁大了眼睛。"托马，你真的这么做了？"她的笑声中透着非难，因为你颠覆了她的等级观念。她没有你这种大不敬。你们在一起一年多，有时候你会问自己，跟她在一起，到最后会不会感到无聊。在这位女诗人身上，你看到了一个好学生。

你越来越经常地不跟安娜一起出去，你感觉她在刻意疏远，两个人像是在涂了肥皂水的斜坡上滑向分离。她务实而坦率地讲过：她不觉得你们能一起生活，因为你们的节奏太不一样。说得好像分手就是因为一个比另一个睡得早似的！她糟糕的信条让你反感。她在性方面产生了新的迟疑。她不爱你了，这太明显了。你试图让她承认。

"不，托马。仅仅是我们的节奏不一样。"

四月，得知她获得了能让她以巴黎高等师范学院的留学生身份在巴黎度过一年的奖学金时，你衷心为她感到高兴，与此同时，你也知道这是结束的开始。这根本就是你跟艾丽莎的故事的重演。

当八月底她去法国的时候，你们没有说之后再见面的事。

---

① 老师的名字"皮埃尔·福斯"中"福斯"在法语里有"力量"的意思。此处"力量"原文为英语。

你没有时间沉浸在伤感之中。你的老师们已经勒令你完成论文了。你本应该在第八年注册的时候就开始战斗。你延期了。这学期末，哥伦比亚大学就会甩了你。就像萨姆中断学业，在一家出版社做校对员那样，你也可以靠上法语课，为法国报纸撰写文化类的文章活下来。然而你会失去医疗保险，你没法自己买，因为费用高昂。这么一来就很危险，要知道，随便在纽约哪家医院里过一晚就要花好几百美元。你还会失去进图书馆、进校园、用复印机、用抬头纸的权利，失去所有哥伦比亚大学学生卡赋予你的权利。你别无选择，必须完成论文找到工作。假如这两年没跟安娜谈恋爱，你会做什么呢？

她离开之后，你把自己关在图书馆里，待在八楼，在书架之间，一张办公桌上放着所有今年需要的书。某天下午，快六点的时候，你从自己的洞穴里钻出来，再见蔚蓝色的天空和空中挂着的夏末的落日，你感觉出空气中起了什么变化。你是唯一不知道状况的人。你的妹妹、爸爸、你身在巴黎的朋友们在你的录音电话上留了言，想确定你今天早上有没有去下城[①]散步的想法。他们担心你，希望尽可能快地知道你的消息。你没法让他们放心，因为不论是固定电话还是手机都没法用，也许是电话被打爆了或者有别的原因，正是通过这一点，你才知道这次受害范围之广。接下来的几天，线路接通后，他们给你打电话，问你是否觉得危险，是否害怕住在曼哈顿，因为这里是一

[①] 曼哈顿从北向南分为上城、中城和下城，常常用上城指北部，下城指南部。

座岛，一次新的恐怖活动就可能让它与世隔绝。你感觉他们在说另一个星球的事情。是的，你知道这件事情发生了，并且这件事情从此改变了这个世界，可是在纽约，生活已经重新开始了，几天之后就正常了。你甚至没有看到全世界无数人能在电视直播上看到的塔的倒塌。你知道这个消息的下午，你很怀疑，开始以为是一个笑话，然后觉得震惊，你立刻想到我丈夫的老板住在其中一座塔里。你不停安慰自己他还活着。你不认得其他任何、哪怕是间接地受到这个惨剧影响的人，没有人认得张贴在城市里的"失踪人员"海报上两千八百张脸庞中的任一张脸庞。在南边的14号大街上，曼哈顿禁止通行，武装人员守卫着。除了和纽约所有地方的人一样，见面的时候都先微笑，你的街区没什么别的变化。唯一的不同是，当你来我们家吃饭的时候，从华盛顿广场走下来的时候，你再也看不到那两座塔了。

二〇〇一年秋天的天气好得出奇，可你丝毫没有散步的兴致。找工作是一个漫长的过程。十月，你花了大量时间筛选长得能跨越整个美国的招聘名单。今年，除了普林斯顿，没有任何一所著名大学在你的专业招人。你遴选出十六份广告——一些有机场的城市也是可以的，你打算尽可能经常地来纽约。每一封应聘信都要有相应的陈述——根据情况介绍自己，你不仅是普鲁斯特专家，也是法语小说、电影、文化方面的专家，男女同性恋研究专家，甚至是西班牙文学专家。

特长太多，就像一把弓箭有太多弓弦，可能给人不专心的印象。系主任建议你简化一下简历。既有法国学位，又有美国学位，大西洋两岸都有你的经历，从音乐到电影，再到文学，你涉猎广泛，你的论文主题涵盖面广同时又有针对性，你的履历会像一颗星星闪耀在求职者的天空中。你唯一的缺点，非要说有的话，就是你是白人、男人、异性恋，在职位被少数派占据的政治背景下，你的群体赢面甚小，大学也不例外。你不可能优化数据。

你的第一篇学术性文章（有关拉乌·鲁兹[①]的电影《重现的时光》）及时出版，你在每一份材料里都加上了文章标题，包括期刊精致的白色封面的复印件，上面黑白分明地印着你的作者名。推荐信扮演着重要的角色，你巧妙地选了各种推荐人：男人、女人、白人、黑人、法国人、美国人。你留意着在截止日期之前提交材料，大多数集中在十一月中旬或者十一月末。然后就只要等今年在芝加哥召开的美国现代语言协会大会跟你确定面试时间。

十一月底，你在巴黎跟安娜再见面。你住在塞巴斯蒂安家，因为她住在一间只有一张床的房间里，也没有邀请你一起住。整个秋天，她很少给你写信。在漫长的求职考验中，她并没有支持你。你一进到罗斯丹咖啡馆，就看见她在店的深处，靠着一堆油印讲义，前额藏在刘海下面，眼睛藏在眼镜后面。再见你的"小浣熊"和她的小嘴，你有些感动。她朝你抬起头，对你微微一笑，你立马就感觉到这种感情不同于你七年

[①] 拉乌·鲁兹（1941—2011），智利裔法国导演，1999年根据普鲁斯特长篇小说《追忆似水年华》第七卷《重现的时光》改编成同名电影。

前走进波堡咖啡馆时攫住你、让你在第一眼就知道你跟艾丽莎之间的热情依存的情感。安娜在你的脸颊上亲了亲，亲热、客气、冷漠。她向你描述了一些在高师和国际哲学学院参加的研讨会，你跟她说了为人才市场做的准备工作。她完全相信你能找到一份很棒的工作。为了避免确凿的抛弃带来的羞辱，你跟她商定，你们之间结束了。你们互相归还彼此的自由。你从咖啡馆走出来，沮丧而苦涩。

等待回复是残酷的。已经十二月十五日了，你还没有收到一条求职的十六所大学的消息。我安慰着你。学期末总是有重要活动，人事处的成员很难找到时间聚到一起讨论他们的选择。不要陷进偏执。就算如此，就不能给你一个电话吗？就一个啊，就像托尼！他申请了一些十七世纪文学相关的职位，应聘者没那么多。你回想起艾丽萨当时的情况，她在最后一刻前什么消息也没有，甚至担心白白地为了飞机、酒店、剪裁优雅的西服加重预算负担。艾丽萨的材料远不如你的丰富。她完成的博士论文才勉强一百页。面试的时候，她怕得要命，僵硬得要死。尽管如此，她还是在一所很好的学校得到了一个职位。一个电话、一场面试、一份工作，这就够了。

日子一天天过去，十二月十六日、十八日、二十日、二十一日……你从早上抽烟抽到晚上，再从晚上抽到早上。你不再出门，生怕错过一个电话。托尼刚刚接到第二个电话。他不敢再给你打电话，知道电话铃声会让你神经紧张。会不会是因为有太多二十世纪法国文学方面的求职者？可是没有谁的材料能跟你的媲美。唯一不利的地方就是你的博士论文没有完成，还少三分之一多——在这一点上，你的导师没有在推荐信里隐瞒，因为这事关他的信誉。还有语言项目的女老师觉得你太自大，在她的推荐信里有一些保留意见。托尼几乎已经完成了有关拉辛和詹森派的博士论文，而且这个女人欣赏他。

十二月二十二日十五点，你终于接到了科罗拉多州一所学校的电话，学校规模不大。满盘皆输的屈辱感放过了你，你去芝加哥至少不会徒劳无功。你要在那里生活。博尔德四面环山，跟格勒诺布尔一样，滑雪会很方便。一通电话打断了你的遐想。当秘书说出普林斯顿的名字的时候，你的眼睛都闭上了。你不相信。他们肯定已经收到成百上千封求职信了，不过为什么你就不会让他们感兴趣呢？你还纳闷了一下硬纸卷宗夹是不是滑到了办公桌后面。有了十二月二十七日的面试，世界又恢复了它的协调性。我说得没错，这个折磨你的推迟仅仅是因为组织性的缺乏。你接到的第三通电话来自佛罗里达的一所大学。三场面试，你的荣耀保住了。其中两场来自小地方的大学，你完全不想去那里生活。唯有普林斯顿与你志向齐平。

你不能有丝毫盲目。你查了一下他们法语系的系主任。你从图书馆借的好几本书里，作者都是他。二十年前他从罗马尼亚移民国外。一个罗马尼亚人！你可熟悉得很。你重读了安娜亲笔题词"致野人"的一册书中的埃米内斯库[①]的诗歌。你仔

[①] 埃米内斯库（1850—1889），罗马尼亚浪漫主义诗人。

细挑选衣服，穿上你仅有的一套西服、一件报社发的白衬衫，戴上一条领带——来自艾丽萨的礼物。

圣诞节后第二天，你飞到芝加哥。湖面覆盖着一层薄冰，是好看的浅蓝绿色。十二年前在你跟尼古拉一起长途旅行之后，你就没有再来过这座城市。冰冷的风钻进你的大衣领子，你感冒了，而且你也没有旅行的心情。你不断重复着我和我丈夫几个星期之前邀请你来家里吃饭之后、跟你练习招聘面试时给你的建议：永远不要打断别人；压制住你的滔滔不绝；当你猜出提问人的想法之后，你要打消自己想要干预的想法；表现得尊敬谦逊。还有，平庸。"是的，托马，平庸。这些大学老师要找的不是明星，而是一个不会盖过他们的和善的同事。"你跟我之间依旧保持着脆弱的联系，你受不了我像一个小学老师一样纠正你，但是你信任我的丈夫，相信他的冷静和他专业的判断。我们告诉你，尽可能地不要做自己。不要对任何事情发表看法。削去桀骜，磨圆棱角。只做一个谦虚的文学博士生。戴着面具低调前行，以免踩到敏感点，像一条变色龙一样和背景融合。最重要的是控制你的身体，在你和他人之间留一点空间，不要像比萨斜塔似地朝别人靠过去，不要让你令人窒息的存在笼罩别人。

期待已久、垂涎多时的面试日子到了，你累到了极点。因为感冒和焦虑，你已经好几晚没有合眼了。你会见那些教授所在的帕勒马酒店是芝加哥最美的酒店之一，明显比你订的希尔顿要豪华。当你来到八楼套房敲门的时候，你听到一些笑声。

他们在取笑在你前面的应聘者吗？两个男人、三个女人在你进门的时候对着你微笑，尽管他们想恢复严肃，你还是感觉到他们挺开心。跟罗马尼亚人握手的那一刻，你仿佛被什么罩住了。你感觉到全身麻木，汗水沾湿了你的时间。你尽自己所能行事。你并不聪明。你不由自主地好几次打断了他们的话。你忘了引用埃米内斯库。

一月初，电话到了。虽然你很紧张，但你自身的条件和知识的广度让他们印象深刻。你是一月中旬校内面试的两名最终候选人之一。

你所有的精力都回来了。虽然睡得不好，不过这是常态。等待如此热切。你就像一把弦紧绷的弓，瞄着一个点，直指你这八年来的目标，指向你梦寐以求的、常青藤联盟大学的职位。你会到达这一点的。现在要做的就是挤掉另一名在你之前受邀的应聘者。毫无疑问，你是最优秀的。你感觉到巨大的力量，三下五除二就能碾压他。你按捺着听我在电话里跟你说最后一些建议：不管男女老少，你都要聚精会神地听他们说话；尤其不要调情，不要开玩笑，保持职业性距离。

"我想迷人的时候，就能迷住人，卡特琳。相信我。"

你根据博士论文准备了一份跟普鲁斯特有关的报告。托尼建议你打印出引用的引文，再复印二三十份。这一次，你真的精神抖擞。男女老少，你把他们全迷住了。你有趣聪明，同时彬彬有礼，恭恭敬敬。你一个个地询问他们的工作，恭维他们。你的报告受到了赞赏，分发印着引文的纸张产生了最好的效果。你的高级法语课进展十分顺利，消除了语言项目女负责人的推荐信可能带来的负面影响。学生们拜倒在你的口才之下，你让他们笑声不断，他们耐心地等着秋天在学校看到你上课，他们全都想上你的课。在普林斯顿市的一家饭店里，一席聚集了你未来同事的晚餐上，一名年轻的女士坐在你的旁边，她在做意大利新现实主义。你们在电影方面有着相同的爱好。她向你透露，另一名候选人已经完成了博士论文，发了三篇文章，而且作为讲师在大学教了两年课，不过她觉得你的面试结果很好，你甚至成功地说服了系里一开始不支持你的成员。没完成的博士论文是你唯一的弱项，你要保证在春天的时候完成。这位年轻的女邻座带着奉承的兴味看着你，显然是被你迷住了。你没有对她抛出有关私生活的问题，虽然你假想着她是单身，而且发现她完全可以上手。你保持着职业素养。就在你离席之前，你有了一个主意，向她提议明年跟你合作，一起教一门有关电影的课。

回到普林斯顿大学的时候，你跟我打了电话。

"稳入囊中。他们很欣赏我。"

即便是我，对过分自信有着一种近乎迷信的恐惧的人，也还是要承认这似乎是个很好的开端。如果普林斯顿的老师们是世界主义者，是绝顶聪明的——他们肯定是的，那他们选择一个像你这样的同事是合乎逻辑的，兴趣爱好不局限在自己的研究领域（遍布文学、哲学、音乐和电影）的欧洲人，就像文艺复兴时期一个真正的人文主义者。委员会商讨之后，电话应该立即就到。你想象着你未来的生活。普林斯顿到纽约坐火车只要一个小时，不过前几年你会住在学校，因为他们提醒你，住在曼哈顿，一周只待在学校两天不太好。这一提醒说明，他们在把你当作未来的同事交谈，这是个好征兆。为了阻止年轻的老师搬到纽约，学校每天都给他们安排了一节早上八点的课。你没什么反对意见。应该住在学校，成为其中的一员。校区很棒，城市很小但是很有魅力。几年之内你就能生活得很宽裕，这样你就可以把你的博士论文出版，这对你四五年之后保住这个位子很有必要。你可以在纽约过周末。你甚至可以保留你的套房，多亏你的合租客，这间屋子每个月只花你两百美金，这里可以成为你的第二住所。人文学科院长跟你提过薪水，比你在哥伦比亚的报酬高四倍，这在你看来是一笔巨款，虽然只是正常水准。系主任还跟你说了给青年教师的基金，用于参加研讨会以及夏天在欧洲旅行。第四年你就可以有带薪休假的待遇，用来写你的第二本书。一项慷慨的政策。你热情满满。

成为普林斯顿大学的老师，这一定会让你的妈妈引以为傲，这是对你在高等师范学院失败的补偿。你已经能看到，不论在纽约还是在巴黎，这个标签都会改变你的人生。这跟"哥伦比亚大学的学生"大有不同。所有大门都会敞开，人们将会以一种新的尊重看待你，你仰慕的老师会成为你的同事。你会有让想法付诸实施的资金，而且你不缺想法——就从那张苏菲没找到资金来源的普鲁斯特光盘开始！这是你真正的成人生活的开端。你进入了重要人物的圈子——比如你的博士论文导师，还有本努瓦，你的楷模，艾丽萨博士论文的前导师；现任职纽约大学，有着令你仰慕的敏锐、不拘小节和思想上的独立性。去年，安娜和你在纽大上过他的研讨班，他成了你的朋友。跟你一样，他是一个享乐主义者，热爱红酒、文学、肉体、美食和思想。你们是同一阵营的人，自由思想的阵营。他同等地看待你，把你看作接班人之一。他是个如鱼得水的人，读完伯克利和耶鲁之后进了纽约大学，这是人人梦寐以求的职业生涯。在普林斯顿大学和哥伦比亚大学待几年之后，你的祖国难道还会不对你敞开怀抱？你将自己看作本努瓦，之后跟艺术家结婚，住三角地的挑高公寓。

一个星期过去了，接着两个星期过去了。你再也不睡觉了。你几乎一个月不睡觉了。什么都不能让你从这唯一的念头上分散注意力，甚至一月二十九日，布什有关"邪恶轴心"[①]可笑又令人担心的言论都不能让你分心。你猜想，困难在于学期初找一个人事处所有成员有空商讨这件事情的时间。你已经经历过圣诞节前同样煎熬的等待，你试着将你的偏执扔到一边，可是一天接一天，这么做变得越来越难。你必须知道结果。你当时要了几个邮箱地址。第二学期末，你给最后一餐的邻座写了一封信，向她询问决定什么时候会出来。奇怪的是，她回复得敷衍又搪塞，没有半点友好的措辞。托尼劝你打消给系主任写信的念头。当人们在两个应聘者之间犹豫，在这种尤为微妙

[①] 2002年1月29日，美国总统乔治·沃克·布什在国情咨文中所指的"赞助恐怖主义的政权"。

的时刻，这一举动可能产生相反的效果。即便等待是一种折磨也要有耐心，你整夜整夜地问自己，你说的哪些话可能让这位或那位老师感到不快。

罗马尼亚籍的系主任，你觉得你立刻吸引到的那位，最终给你打了电话。当你接起电话，听到他的语调，你就知道了。前天晚上，委员会开过会了。你输了，一票之差。讨论非常激烈，选票咬得很紧，他为你感到可惜。你是他偏爱的候选人，你真的很讨他喜欢，只是在最后一刻，另一个人占了上风。只差一票。他祝你好运。

你给另一位抱有好感的助理教授打了电话，你了解到，最后一顿晚饭坐在你旁边的年轻女人反对你反对得尤为激烈。你有些窘。当她跟你说她会为你投票的时候，你很确定她没有说谎。发生了什么？既然你已经没什么可失去了，你给她写了信。

她回复了你。她很抱歉，可你让她别无选择。你向她建议一起教一门课，这门课的主题正是她下一本书的主题，她认为你踩到了她的地盘。她害怕了。

这个回复算得上诚恳。她让你恶心。

你重新记起自己想到要合作时的兴高采烈。她看上去难道不兴奋吗？美国大学难道不喜欢这种老师之间跨学科的合作吗？

你没有想到政策，没有想到日后。她信息里的潜台词，你现在明白过来了。她在普林斯顿才教了一年课，有一天你们会成为竞争者。在你和她之间，只有一个可以转正，立马除掉你是最好的选择。另一个应聘者，没你有魅力，没你聪明，也不研究电影。

如果能回到过去该多好啊，回到在普林斯顿的晚餐，收回这句你一时兴起说出的话。

你发现自己失业了，陷入深深的抑郁。你曾是赢的一方，却犯了一个很小的错误，让成功的机器卡壳了。托尼在印第安纳州的普渡大学找到了工作，他试图让你重新振作。还没有结束。春招的时候还有一定数量的职位开放，老师要放产假、放病假、放年假。这些职位是一年的，有时候还可以再续一年，这样开始职业生涯也很正常。完成论文，你就是更有把握的应聘者。现在你已经明白院系政治是如何运作的，你不会再犯同样的错误。

你重新开始工作。你知道完成这篇博士论文对你而言至关重要。你准备去见你的系主任，求他再多给你一年。然而根本不可能。没有多余的语言课分给你上。他可以推荐你做访问学者，这样你还可以进图书馆，明年还可以用学校的抬头纸。他提醒你可以继续找工作，今年还没过完。

你每天都在网上找。一有跟你的领域或多或少接近的招聘活动，你就投出求职信。

五月底，你找到了一个为期一年的职位，可以续一年，在俄勒冈州里德学院，那是美国西部的一个州，你从未涉足过那里。艾丽萨在那里读的大学。他们一看到你的材料就录用了你，甚至没有请你去校园面试。这是一个法语外教的职位，不是助理教授，工资不算高。

你三十三岁，在一个不错的大学有一份工作，有一份收入，开始了职业生涯。你得救了。

校园狂人

八月初,在法国度过了六周美好的时光之后,你拖着两个行李箱飞到了波兰。学校给你发了四千美元供你搬家,你用不到,觉得存起来比较明智。你从纽约通过邮局把好几箱书和CD寄到公寓。你扔掉了一些家具以及艾丽萨的水泥块。

基本住下来以后,你从一个学生那里买了辆自行车,骑着它在大街上来来回回。你感觉不错,一下子这么觉得。这是一座绿色城市,随处可见花园、水源和自行车道。有两条河:威拉米特河从北往南穿过城市,再往北是哥伦比亚河,从这条河的名字仿佛就能一窥你的出身。从不醉心于大自然的你也不得不承认,沿着威拉米特河在树下飞驰,穿过市中心,感觉真的很好,而地平线上就能看见胡德山和圣海伦斯火山。这绿意满是对灵魂的抚慰。秋天不久就会给这些树妆点上金灿灿的色调。

让你吃惊的是,你并不想念纽约。你离开的城市已经不再是你十年前来到美国所发现的那一座。毋需跟缺乏幽默感的条子交涉，不用缴纳六十美金的罚款就能在露天喝杯啤酒的日子已经不复存在。朱利安尼消除了哈德森河两岸的自由和基佬，清理了时代广场的卖淫、东村的毒品和流浪汉：这是警察可以在一个可怜人身上——所犯的罪无他，只因是个黑人，以及和所有黑人一样，长得像诈环杀人案的强奸犯——开上四十一个窟窿却不受制裁的纽约；一个对艺术进行限制的纽约；一个双子塔倒了之后、虽然复兴却没有变得更有人情味的纽约；一个继朱利安尼之后、布隆伯格①的纽约。

你租了一间有家具的套房，骑自行车或者坐公交四十五分钟到学校，步行二十分钟就能到你跟艾丽莎夏天开始之前在电话里友情对话时说到的热闹街区——珍珠区，那里有世界上最大的二手书书店，鲍威尔书店。离开纽约，你并没有觉得自己搬到了靠着大学的住宅区。这座城市年轻、生机勃勃，到处是饭店、电影院、咖啡馆、艺术画廊，还有不需要花什么钱就能品尝到异域美食的移动餐车。一家很大的电脑配件公司、一些运动服饰公司、三所公立大学、四所私立大学运转着这座城市。七所高校中，里德学院最负盛名。当你说自己是里德学院的老师、银行家、电话商店和书店的雇员，或是你在咖啡馆闲谈的陌生人，他们的目光中透出的特别的尊敬很是让人高兴。在这里，你是精英的一员。事实上，你丝毫没有格格不入的

---

① 鲁道夫·朱利安尼，纽约前市长（1994—2001）任期内经历了"9·11"事件。迈克尔·布隆伯格，纽约前市长（2001—2014）。

感觉。里德学院的学生跟哥伦比亚大学的学生一样聪慧。他们身上还有一种更为开放的东西，一种里德、波特兰和俄勒冈特有的精神：对自由的绝对捍卫，无论这种捍卫以什么样的形式存在。这是一所左派大学，为民主投票，就像这座城市。当得知脱衣舞俱乐部、全裸以及在客人大腿上跳艳舞在这里作为一项自由表达的权利受到保护，以及波特兰因此赢得了"淫地"的名号时，你哈哈大笑。里德的T恤衫就是这种精神的表现，"无神论""共产主义""自由恋爱"几个大字围绕着纹章。你立刻买了下来，你永远也不会套上哥伦比亚的T恤衫。

你立刻赞同了里德学院和这座城市的精神。你从来不会见到什么人而不根据他的外貌特征、名字的发音或者你对他的感觉取外号，你发现这是一座带有各种外号的城市：人们将这座城市称为"玫瑰之城"，是因为它令人叹为观止的花园可以跟伦敦玛丽女王的公园媲美；称它为"桥之城"，是因为有十二座桥梁横跨在威拉米特河和哥伦比亚河上；称它为"啤酒天堂""啤酒的天堂"①，是因为这里有着众多酒吧和啤酒工厂；称它为"小贝鲁特"，是因为去年春天布什路过这里时遇到了激烈的反对伊拉克战争的抗议活动；称它为"撕裂之城"，是因为当地篮球队在一九七一年对抗洛杉矶湖人队时，一记超远距离错投奇迹般地过了网，解说员激动地喊了一句"'撕裂之城'！好样的！"，这简直可以说就是你发明的称号，你喜欢其

---

① 原名为Beervana，其中的vana取自意大利语nirvana，意为"天堂"。

中的半谐音，而且喜欢在发"城"这个比较轻的音之前，舌头突然会碰到的"p"这个辅音[①]。在"撕裂之城"和"淫地"之间，你的心摇摆不定。

你受到了新同事的热烈欢迎，十年的纽约生活让你有些不习惯。在哥伦比亚大学，你几乎忘记了智慧和友好是可以兼容的。你的系主任是后结构主义的专家，在学校里受到神一般的尊敬。多亏了原本十二月底可能用完最后没找到用处的经费，这笔钱使你能够让那位普鲁斯特式的钢琴家从法国过来。音乐会大获成功，所有人都称赞你的创举。这就是美洲大陆的魔力，这种私立大学里钱带来的自由。有一些同事比较保守，不过你很快就和卡勒德相交甚欢，一个十八世纪主义者，一个漂亮的阿富汗人，长得非常像保罗·奥斯特，看到他，人们甚至会猜测后者是否过着双重生活，他很会调情、很会说话、很爱读书、很爱喝酒、很爱玩。他把你带到波特兰的脱衣舞俱乐部里，向你推荐可卡因——这个提议被你拒绝了，因为你不感兴趣。

你上两堂课，其中一堂是初级法语课。为了跟课上的无聊作战，你教学生所有的性俚语：呆×、傻×、二×、×，他们带着美式口音发这些词，但其中的刺激一点也不少。还有一堂是你严肃对待的关于电影的课，这是你第一堂真正意义上的课，为了这堂课，你搜集了最好的理论文章，包括巴赞、德勒

[①] "撕裂之城"的英文 Rip City 构成了元音重复出现的半谐音。

兹、米特里、布列松、朗西埃，你向学生们展示新浪潮的经典作品，《四百击》《扒手》《去年在马里昂巴德》，还有《筋疲力尽》。你偶然地在一篇文章的引用里发现了让·米特里，他和亨利·朗格卢瓦、乔治·弗朗叙同为法国夏约电影资料馆创始人。他是被电影评论遗忘的重要人物之一，是众多电影相关著作的作者，一个在法国不太有名的男人，他特别有热情、有创造力，兴趣广泛，在法国和加拿大教过书，甚至尝试过做导演，由此，你打算第二本书就写他。多亏了私立大学图书馆的有利条件，你成功地订购并打印了他的著作。

你有二十来名学生，比其他老师要多。他们的法语磕磕巴巴，尽管如此，还是有三个学生去年去雷恩交换了一年，学生中甚至有一名可爱的布列塔尼姑娘，她参加了自己法国大学的交换项目，你正在殷勤地撩拨她。这是你第一次教书，不是作为博士生，而是作为老师。你是自己的主人，当你谈到纽约，谈到一些你在那里经常来往的作家、音乐家，谈到罗布-格里耶给你指出曼哈顿最好的 SM 俱乐部时，你有被深深迷住的听众。你感觉自己获得了新的教师身份、里德学院的自由和波特兰言无不尽的批准。你在办公室就跟在自己的房间一样自在。办公室里有你所有的书，书架上还有一瓶极好的波旁酒，如果有学生来讨论，你会毫不迟疑地请他们小酌。你用学校送的电脑看黄色电影来打发无以避免的无聊。当把《卡利古拉》的声音开到最大手淫时，你没听到敲门声，也没看见你忘记反锁的门被打开。是埃利，你最喜欢的学生之一，一个身高体壮的男孩，会被你的笑话逗乐，蓝眼睛里闪烁着纯粹的无辜和友善。他立马把门关上，满脸通红。

一个九月中旬的艳阳天，你坐在图书馆前鲜嫩的草皮上啃着书，衬衫放在身旁，裸露的上身暴露在夏末依旧炽热的阳光下，唇间叼着小雪茄，这时一名学生走近，并自我介绍名叫塔德。他还没见过你，却也没费什么事就认出了你，因为你已经在校园里声名远播了。

"我的声名？"

"非常法式：非常酷，而且神秘。"①

你笑了。塔德去年也去了雷恩，不过他的法语没有埃利好。当晚，你们就去喝了一杯。他跟你说到在法国的日子，还有已经分手的法国女友。你们什么都讨论，聊文学、聊电影、聊女人、聊屁股。你感觉不出年龄的差异。当你知道他的年末论文想跟系主任做福楼拜，可是后者第二学期不在，他得在你另一位同事的指导下完成作业时，你说服他跟着你做论文——并没有想到你从一个尚未同意的同事那里抢走了一个学生。一个月前，你才到这里，现在，你已经是一个毕业班学生的导师了。你站稳脚跟了。这是一件好事，如果说你明年还想留在这里的话——你的确想留。

十月底，你参加了一场从母校来的著名印度学者的研讨会，你注意到众多与会者当中有一名留着黑色短发的年轻女

---

① 原文为英语。

人，你准备在接下来的鸡尾酒会上跟她交谈。她的微笑在两颊印下两个酒窝，笑得眼睛眯成了一条缝，珍珠耳环呼应着牙齿珍珠般的光芒。你觉得她漂亮极了。她有点珍·茜宝的神韵——褐色头发的珍·茜宝。她叫欧嘉，是俄罗斯人——你已经猜出来了，因为她说话会遗漏限定词而且有一种辅音颚化的口音。她教俄语和比较文学。她是九月到这里的，跟你一样。她是土生土长的圣彼得堡人，爸妈住在那里，她在安娜堡读了博士。她小小的，简直可以说迷你，即便踩着高跟鞋。你夸了夸她穿的红色尖头浅口鞋。她把头扭向你，你朝她低下头，你们聊了将近一个小时，彼此吸引。

接下来的周六，你邀请她去听波特兰交响乐乐队的音乐会，请她在市中心的一家饭店吃了饭。你想讨她喜欢，可你还有些犹豫。你们身体上的比例相差太多了。你们的思想越过肉体擦出了火花。你们都是里德学院的新人，都来自大西洋同岸，有着相同的教育背景，年纪相仿只差一个月，你们读过同样的书，看过同样的电影——她喜欢塔科夫斯基[1]，喜欢克利斯·马克的《堤》[2]，和你一样。你们喜欢同样的古典音乐家，你们对歌剧有着同样的热情。你们就算不是恋人，也会是朋友，这毋庸置疑。

---

[1] 塔科夫斯基（1932—1986），苏联电影导演，代表作有《伊万的童年》《飞向太空》等。
[2] 克利斯·马克（1921—2012），法国电影导演，新浪潮运动左岸代表人物，代表作有《美丽的五月》《堤》等。

凌晨一点，她开车把你送回家——她惊讶于你不会开车，也惊讶于你没有请她上楼再喝一杯。

第二次你们一起吃饭的时候，彼此之间的吸引力如此强烈，以至于再也没有什么疑问了。你们知道这一夜将会如何结束。其实你猜到了，因为你已经整理好了套房。你告诉自己要小心，不能压碎她，不能闷死她，这个小得不行的欧嘉。她如此纤细瘦小，你都担心你们做爱的时候，她会裂开。你想象她精巧得如同瓷器，需要用小镊子夹起，不能让她反感，要谨慎得像你跟安娜的那段关系快到头的时候一样。你发现了一团火——一团欲求不满的火，贪得无厌。这是一座火山。

"简直像动物！"第二天当你事无巨细地跟塔德描述你的爱之夜时，你这样喊道，"第一次就肛交，你想得到？"

很快地，你们一周要见个两三次，有的时候甚至更多。你们睡在你家或她家，周末的时候在你家，平常在欧嘉家，她住在学校旁边。

她的套房跟她本人一样，是有着两张面孔的门神杰纳斯[①]。用作工作室的客厅简直毫无人气，只放了一张沙发、一个大办公桌和好几个文件盒[②]，里面以字母表顺序严格摆放着各式各样的材料。她什么都有。其中已经有一盒署上了你的名字，在"布热津斯基"和"卡尔维诺"之间，里面放了几张你亲笔写的温存的便笺、一张巴黎的明信片，还有你那篇有关拉丁·鲁

[①] 杰纳斯，罗马神话中的天门神，头部前后各有一张面孔，故亦称两面神。
[②] 原文为英语。

兹的《重现的时光》的文章增印本，你在上面亲笔题了字。客厅里没有任何东西可以预示那个奢华性感的茧就是她的房间，灯散发出柔和的光，桃木五斗橱上摆放着小玩意儿，放了几张她的照片和一组俄罗斯套娃的银色雕镂的盒子，穿着镂空小短裙的德累斯顿陶瓷制的迷你雕塑，仔细地漆画了微缩景观的小黑盒子：坐在单人雪橇上滑下来的孩子，城市里突出的教堂金色的球形屋顶，与火共舞的俄罗斯王子。灰珍珠色的缎面床单，枕头多得让人想要嬉戏，一面宽大的镜子就立在床的对面，丝毫不让人质疑它的作用。欧嘉很对立，既是老师又是荡妇，天使一般又野性，井井有条又暴躁不安，阿格丽亚·伊万诺娃和纳斯塔霞·菲利波夫娜[①]结合在同一个诱人的女人身上，她身着一丝不苟的西服，穿着白色衬衫，蹬着细高跟，里面却穿着法式蕾丝内衣。

她有一种古怪的缄默，也许源于那时候依旧是共产主义、位于在铁幕的另一侧的苏联的教育，她是安娜的上一代人。在校园里，你既没有搂抱她的权利，也没有跟她贴面的权利，甚至没有跟她握手的权利，好像这可能在职业上毁掉你们一样，可是你们是两个可以对自己负责且单身的成年人啊。你一尝试跟她讨论这件事，你们就会争吵。她持有一些与之斗争也毫不起作用的信仰。她一副受伤的样子告诉你，你缺乏尊重让她感到难过。

[①] 阿格丽亚·伊万诺娃和纳斯塔霞·菲利波夫娜是陀思妥耶夫斯基小说《白痴》中的两位女主人公。

这个第一晚就完全献身于你的女人,这个第二天早上满怀爱意地对你说"我爱你!"[①]"我爱上你了!"的女人,拒绝告诉你她的手机号码。你先以为她在撩拨你,后来感到愤慨。这个号码成了你们爱情的关键——弄得像是你需要跨过一些阶段才能配得上这个号码。想到她在测试你,你就难以忍受。一个恋爱中的女人不会这么折磨人。她反驳道,她拒绝让步,恰恰相反,这是在给你们的伴侣关系延续的机会。她需要感觉到你完全尊重她的意愿和需求。

你欣赏她的思路清晰的智慧。你感觉她的抗拒是由于你的不耐心,它已经毁了两段爱情,而且,你模模糊糊地意识到,这种抗拒正是欧嘉吸引你的地方——就像在艾丽萨和安娜身上以不同的形式表现出来的那样。我们所爱的女人是"一个影像,一种相反的投射,一种自身敏感性的'反面'",普鲁斯特在《在少女花影下》中这样写道。说得不能再对了。欧嘉让你蒙受的痛苦就是你爱情的潜在影像。如果你成功地接受她对你的要求,那这份爱情将具有赫拉克勒斯的巨大力量。尽管如此,你还是反抗这一无法用任何逻辑进行合理解释的不值一提的事实。手机是可以在任何时候联系到她、知道她在哪里的唯一方式。除了双重生活,还有什么理由可以解释她拒绝的动机呢?当她家里的录音电话打不通、即便听到你的声音她都不接时,这一刻她跟谁在一起?她这么贪得无厌,你能满足她吗?

[①] 原文为俄语。

当斯万的直觉告诉他,奥黛特对他不忠的时候,他有没有欺骗自己?

就在你受够了、准备好放弃她的时候——你没发现她对卡勒德微笑,笑得好像前一天他们背着你约过会似的吗?——她给你打电话了。她发"r"这个音时咕咕的嗓音和发颚化辅音的声音溜进了你没能料到要防御她的罅隙中。她跟你说她四天没出门了,她把电话线拔了,她要完成一篇有关媚俗的文章,她筋疲力尽,当你无法拒绝她的邀请去了她家,你看到她的黑眼圈,洗碗池里放了三天的碗碟,办公桌上杂乱无章的文稿和电脑旁的一堆书就像她没有对你撒谎的证据。终极证据就是她滑向你,将你引到床上的身体,还有你们在床上度过的好几个小时。你跟她在一起品尝到的幸福强度堪比折磨了你好几夜的焦虑。

你第一次想到结婚。在你提到这一可能性的晚上,欧嘉当面耻笑你,让你几乎惊恐,她的眼睛开心得眯成一条缝,跟母猫眼睛似的。不过,你首先得去圣彼得堡,见见她的父母,让他们为你授封:这个三十三岁的女人,离家赴美已经八年,经济独立,性爱泛滥,不咨询她的妈咪①就不做任何决定,每天都要跟她打半小时电话。

你们不在一起的夜晚,这只小小的手机就会在早上两点、三点、四点,变成一只巨大的章鱼,伸出触手侵占你的神经,

---

① 原文为俄语。

吸盘发出星星点点的光芒，让你发疯。你只想挂掉电话、砸碎电话机，从里面拽出欧嘉受着酷刑的号码。跟法国九个小时的时差也挺好，你可以给塞巴斯蒂安或者克里斯朵夫打电话。现在是吃午饭的时候，你不会打扰到他们。你要结婚了，真的假的？跟你才认识三个月的俄罗斯女人结婚？这消息棒极了！婚礼什么时候？在哪个大陆？她在回复你之前需要听听父母的意见，你今年夏天还要去圣彼得堡请求同意？当得知她拒绝给你手机号码，抱着怀疑态度的他们更吃惊了。

"你也觉得这很奇怪，是吧？"

"她可能不是你命中注定的女人，托马。"

"不！你不懂！我从没像爱她那样爱过任何一个女人，而且我确定她爱我！"

"那么，爱情一定会战胜一切的。"

你看得很明白，你的朋友并没有信服，他想要终结话题是因为你们已经说了两个小时，他得回去工作了。你自己其实很悲观，感觉这行不通。当你挂掉电话的时候，已经六点了，虽然已经破晓，在你脑中却是黑夜，你感觉自己在迷宫里兜圈子，找不到出口，你不断地问自己是什么让克里斯朵夫或者塞巴斯蒂安感觉欧嘉不是你命中注定的女人。

一天早上，没有预先通知，她的抵抗解除了：她告诉了你那个小小的电话号码。你的焦虑一下子就消失了，你不理解她，不过你爱她。你只能爱一个俄罗斯人，这很显然。一个让你欢喜让你忧的女人，一个灵魂蜿蜒曲折、让你迷失其中、爱情对她而言是一种神圣奥义的女人。

你想到要带她到巴黎过情人节，当你们漫步巴黎、凝望巴黎时，你要在圣心教堂前单膝跪地向她献上订婚戒指。你知道塞巴斯蒂安会去旅行，你给他打电话，向他借住他在美丽城的小公寓。甚至没有拐弯抹角，他直接拒绝了你：他的房东住在下面一层，会抱怨被他踩在脚下的天花板发出的咔咔声吵醒他，虽然上面铺了地毯；鉴于你们的热情和作息差，欧嘉和你一定会跟房东不睦，他在四月前还有一本书稿要交，不能冒这份被赶走的危险。你坚持也没用，他很坚定。你曾经觉得塞巴斯蒂安是真正的朋友，关心你和你的爱情。现在，在你心里，这份关系结束了。你很生气，摔了他的电话。你放弃了你的浪漫计划：酒店再加旅行要花太多钱，你的钱包是瘪的。

欧嘉不断地让你吃惊。她有一些奉若金科玉律的期待：吃饭你买单；你要给她带一束白玫瑰、百合花或者兰花——白色是她最喜欢的颜色。她是读着大仲马长大的，你必须表现得像达达尼昂。她自己就是令你震惊的挥霍无度者。她从圣彼得堡带回一盒鱼子酱，可能要好几百美元，你们一晚上就拿勺子挖完了，大口大口的灰色鲟鱼子，美味无比，就着她弄来的最好的伏特加在你们的腭下融化。你在波特兰最豪华的商场里试穿了一件防水的"巴宝莉"，虽然这件衣服让你欣喜—若狂，你还是没买，她买下来送给了你。当你们跟同事出去的时候，你知道她很反感大学教师们对待又臭又长的账单的方式，所以你抢过账单。你喜欢她思考的方式——消费的方式，以及穿着细高跟如同穿着平底鞋的方式。当她看到你骑着自行车来的时候,她觉得你"罗曼蒂科"①,你很快就明白这并不是恭维,这是跟"失败者"等同的修饰词。你开始去上驾驶课。虽然她离开了俄罗斯,虽然她会激烈地批评那里看待男人和女人之间关系的刻板眼光,但她依旧是个俄罗斯人:男人,就要能喝。她很欣赏你拥有这具可以吸收酒精的身体,而且你不是随便什么都喝,而是只喝最好的葡萄酒;喝酒对你而言并不是浇愁,而是助长乐趣。你后来才知道,即便你坚持要她的手机号码也不会让你失去她:一个男人应该要厚颜无耻。在你们浓情蜜意的爱之夜,这个贪吃的女人把你称作她的小熊②、她的小猪③。当你跟她讲话的时候,你不再叫自己别的什么,只叫小猪。不过她依旧脚踩大地,头脑冷静。她例假晚来十天的那次,你想象着会有一个带着酒窝的纳塔莎或者一个长着眯缝眼的小伊凡从你们交织的躯体中诞生,当血最终还是流出来的时候,你大失所望。欧嘉松了一口气。应该要按部就班地做事情:结婚、领证、要孩子。

你爱着爱你的女人。你要在夏天跟她爸妈见面,在涅瓦河畔跟她订婚。对于来年,你没什么担忧,因为你的职位在秋天的时候就已经续签了一年。埃利选了你指导他电影方向的毕业论文。当凯斯·杰瑞三月获得"极地音乐奖"④,并在世人的瞩目下领奖,你高兴得像是自己也得了奖,因为这一选择肯定了

---

①②③ 原文为俄语。
① 世界著名音乐奖项之一,被称为"音乐界的诺贝尔奖"。

你的价值。你在里德很幸福，波特兰毫无疑问是美国唯一宜居的城市，特别是对一个法国人而言。二〇〇三年春，布什在没有联合国同意的情况下对伊拉克宣战，美国人认为没有支持他们"十字军东征"的法国总统傲慢自负又忘恩负义。（你十七岁的时候绝对无法想象，有一天你会自称是希拉克那边的！）全国各地的"法式薯条"都被冠以"自由薯条"的名号，赖斯提到要"惩罚法国"的时候，像在说一个四岁的孩子。在里德学院，智慧依旧与宽容齐鸣。春天在压轴戏中拉下帷幕——人们称作"雷恩集市"的年末聚会是里德学院的特色，为期三天的狂欢会，罗马式、萨德式的狂欢，百无禁忌。之前有人跟你描述过这一盛会，可你还是无法相信这样的活动竟然是可能的。你参加了一个生吃蚯蚓的比赛；在一个合唱团里尽情尽兴地胡乱唱歌。一帮全裸着、抹得五颜六色的学生跑着穿过校园，其他人乔装打扮，有些人在学校的公园里做爱，各式各样的毒品传来传去。三天自由而疯狂的试验。你如至天堂。有天晚上你跟埃利喝了三四杯啤酒，他跟你说，既然你们要一起学习，也许可以用法语对你以"你"相称，这里所有的人都对你以"你"相称，只有他不是，你双目炯炯，一抹狡黠的笑挂在嘴角，露出一口牙，就在你反驳他的时候：

"哈哈，嘿，别操之过急嘛！"[1]

你真的非常喜欢他，这个讨人欢心的埃利，你还让他在课

---

[1] 原文为英语。

上大声朗读过《茫茫黑夜漫游》中费尔迪南失去童贞时的那一幕。他让你想到你的朋友萨姆和克里斯朵夫，他们是你一直都想去拥抱的人，你对他们不仅有兄弟般的友爱，也有肉体上的欣赏。

七月初，跟最好的朋友们在法国西南部例行走了一圈之后，你飞到圣彼得堡。欧嘉和她的父母在机场迎接你。你比她爸妈高一个头，他们迟疑地用英语跟你交谈。妈妈很漂亮，欧嘉像她：眯缝眼、黑色头发、小酒窝。当你想要拥抱一个月没见的女友时，她避开了：别在她爸妈面前这样。你甚至不能在走路的时候牵她的手，这个温柔的举动让她不快，好像失了礼数似的。

她写信跟你说过，你要在她奶奶家留宿，她去别处消夏了。因为你们还没有结婚，甚至没有正式订婚，她父母在那方面虔诚而严厉，绝对不可能在家里接待你。事情现在又有了变化：老太太的房子在装修，不能住了。这家人开车送你去了酒店，大厅空旷又阴森，二十世纪七十年代的方形扶手椅，前台接待长着野蛮人的脑袋，活像从苏联电影里走出来的。他们留你一个人，让好好你休息。你毫无睡意。欧嘉问也没问就和爸妈一起走了，好像你是某个表亲、一个疏远的朋友——一个陌生人。那个野蛮人跟你要护照和信用卡。你才发现你未来的岳父岳母没给你的酒店房间付钱。酒店又老又暗，一晚上要花你五十欧，可你一个子儿也没有，你的账户透支了。

你感觉被欧嘉耍了。晚上，既然他的父母不让你们单独相处，你就当着他父母的面要求她给你解释。她倒命令你小点儿声。接下来的日子里，怒火节节攀升。你在这苏共官员的房间里睡不着觉，欧嘉父母组织的观光迫使你每天早上都要起得很早。你累坏了。饭店里，服务生把账单放在你面前，欧嘉的父母等着他们未来的女婿、美国的大学教师，表示出他的尊敬以及物质上的宽裕。你感觉已经被欧嘉卖给了他们，被（求婚的）义务捆住了手脚，任人摆布。一天晚上，在一家靠近你入住的酒店的酒吧里，你注意到一个金发女人，独自一人坐在红酒杯前。你对着她微笑，她邀请你到她的桌上。她用疙疙瘩瘩的英语对你解释道，她刚离婚，她八岁的儿子去他爸爸那里而她又睡不着的晚上，她就逃到这家酒吧里来。你向她讲述你的遭遇。她也觉得你落入了圈套：欧嘉和她爸妈操纵着你，逼你表明态度。典型的俄罗斯人做派，她说。这天晚上，你跟着她回了家。你们的寂寞汇集到一起，彼此安慰。

你的愤怒在跟欧嘉的一次散步中终于爆发，这是你们一周以来第二次单独相处。你想要拥吻她，她不仅躲开，还生气了。你们沉默地走着，彼此相隔得越来越远，好像一片大洋和两块大陆横在你们之间。她责怪你令她失望。她不理解为什么你在毁掉一切，你的行为迫使她质疑你们的未来。想到她把失败的责任都推到你身上，想到这六天来，在她眼中你似乎已不复存在，你就无法忍受。你试图像一个疯子一样笑出声来，试图在她面前跳进涅瓦河，你们正在过一座桥——桥的另一头是哪里呢？你甚至不去看周围的景色，这本该让你兴致勃勃探索的城市，你现在什么都看不见。你没有跳进水里，相反地，你冲动地举起了手。你甩出一个耳光打断了她滔滔不绝的酸话，声音响亮得让她感觉好像被强奸了。她张大了嘴，鼻翼由于狂怒扇动着。她因此变得很丑，眼泪从她的眼中跑了出来。她开始呼号，用一种你听不懂的语言。

这是她的语言。她不是在对你说话，而是在对桥另一头她瞥见的两个身影说话。两个穿着制服的男人朝你们跑过来。其中一个跟你一样高，却是你的两倍宽，像一个冷冰冰的衣橱。他们扑向你，高一点的将你的手扭到背后，弄得你生疼，你担心自己的肩膀是不是脱臼了，他们在欧嘉的眼前给你铐上手铐，她只跟他们说话，不晓得扯了什么你不知道的谎言。路上的闲人像打量一个臭流氓一样盯着你看。这两个俄罗斯人把你推进汽车后座。欧嘉爬上前座，一个警察在你旁边坐了下来。车在一个派出所前停了下来，欧嘉跟秘书说着话，她在一台老电脑上做着记录。你被解除了手铐。另一名警察操着一口浓重口音的英语对你说，在俄罗斯，没人这样对待女人。你谦恭地点点头，只想从这里出去。然而这些警察还是把你推进了牢里。你喊着欧嘉，喊着她的名字，求她不要把你留在那里。她一句不回地走了。你在牢里过了一夜，除了你，里面还有一个戒毒犯，你一在凳子上睡着，他的哭喊声就把你吵醒，还有一个喝醉了的流浪汉，一口烂牙，气味极其难闻。很显然，在她的国家，跟她对着干没有半点赢的机会。

早上，牢门打开了。会说英语的警察告知，你很幸运，她撤销了对你的控告。这只是一次警告。下一次，你就不会这么容易出来了。你一言不发地离开了派出所。你肩膀很痛。你看见一辆出租车，上了车，报出酒店的名字。你找到金发女人住的大楼，要去敲她家门。你在她怀里哭起来。是她给航空公司打电话，帮你改签了机票。她把你送进去机场的大巴。你当天就走了，比计划早了一个星期。在巴黎，你住在父亲家，随后住在塞巴斯蒂安家，他很轻松，因为他的书已经交了，你跟他和好了。你很乐意跟你的朋友们、你的妹妹讲述你要自己付钱的酒店的故事，他们觉得这种文化冲突很滑稽，他们把你想象成在苏维埃共和国冒险的丁丁，笑话你夭折的结婚计划，你跟他们一起笑，就像整个遭遇不过是一个好笑的笑话。

八月，你回到里德。自从你一个月前从圣彼得堡逃走之后，欧嘉和你就没有写过信。你很确定她会向你解释，这只是时间问题。你了解她。远离父母、国家这些有害她身心的影响，她会变回自己，想起你们的爱情，意识到她做过的事情，她会感觉羞愧，这种羞愧会和陀思妥耶夫斯基笔下的人物感受到的羞愧同样强烈。某个晚上，铃声会再次响起，不是电话铃声，是门铃声。她会站在门口，投进你怀里。九月中旬的一天，当你查看邮件，看见她的名字在发信人列表里，你的心飞速跳了起来。她的懊悔来得比你想的要快，或者说她没那么骄傲。你不知道自己是否准备好原谅她。你点开信息，瞪大了双眼。她根本没有表达歉意，她写信来是要说她的父母一直在等你的父母，还有你一句感谢的话也不说就离开彼得堡让她的母亲很震惊。她劈头就问你向她父亲推荐过的那瓶波尔多叫什么。这样的邮件只有一个解释：她疯了。你没有回复。你避开了可能遇到她的地方。你再也不会踏上比较文学系的楼梯，再也不会去她常常出入的小餐厅或者咖啡馆。那天你从远处瞥见她进入图书馆的娇小身影，你扭头就走，两腿还打哆嗦。

十月重新给树木染上绚丽夺目的色彩，你开了一门有关电影和历史的课，波特兰依旧是自由的城市，可是对你而言，这已经不是同一个秋天了。你开心不起来，你只是自己的影子，即便你试着反转角色。回忆起在圣彼得堡监狱里度过的那一晚，回忆起扭着你胳膊的警察，耻辱灼烧你的脸颊，仇恨仍然在你心中发酵。你还能听到那些俄语词，看见牢门在你面前关上，欧嘉不听你的呼喊就离去。你扇了她一巴掌，就算如此，这种为情欲驱使的行为和她对你施行的集体暴力之间又有什么关系呢？她毁掉了你们之间属于爱情的空间，如你所闻的爱情，如比莉·荷莉戴所歌唱的爱情，她在歌中不顾一切地维护她的男人：*好吧，我宁愿我的男人打我／也不愿他跳起来离开我／我这么做不关任何人的事／我发誓我不会有任何怨言／即使我会被我爸爸打一顿／我这么做不关任何人的事……*[①]你感觉到的不仅仅是羞辱和愤怒，还有被她欺骗的痛苦和忧伤，爱一个女人终是虚幻。你爸爸问了你一些欧嘉的消息，春天他来波特兰看你的时候，觉得她挺有魅力的。你说已经结束了。他

---

① 原文为英语。

小心翼翼的，没有就此发问。唯一一个让你成功地说出真相的是塔德，你以前的学生，现在在麦当劳上班，你帮他弄了一份申请富布赖特奖学金的材料。可是那天他怪你没有听他说他跟女朋友之间的问题，你跟他吵了一架。你没有耐心去听别人的伤心事，也没有耐心看一年级的学生糟蹋法语，你雇了埃利帮你改作业。

凄凉的秋天。十月初，你接到了尼古拉的电话，他告诉你，亚历克斯的爸爸，也就是我的公公，自杀了。一个六十二岁的男人，身体还很健康，温和、聪明、谦恭，非常喜欢古典音乐。你想起他狡黠的微笑和你们有关贝多芬四重奏和舒曼小调的不同演奏方法的谈话。你惊愕不已。你想象着我婆婆陷入孤独的惊慌失措；想到当你爸爸离开你妈妈的时候，她才五十岁；想到你死去的妈妈，你才三十岁，她就抛下了你。你在纽约过了十一月底感恩节的假期，听我无限悲伤地说早上四点电话把我们叫醒，亚历克斯摸着黑出门，塑料袋还套在他爸爸头上，这一幕着实吓到了他。当我问起你跟欧嘉之间的事情时，你只是回答"结束了"，你拒绝再多说什么。

未来的不确定性在眼前愈来愈清晰。你的合同签了两年，你得重新进人才市场。秋天，深陷在跟欧嘉分手给你留下的抑郁之中，你发现了里德学院下学期开学有一个新的助理教授职位。这个职位跟你的履历完全相符：研究二十世纪，而且和电影相关。你很合适，所有人都对你很满意，最后一年一切都很顺利。你的博士论文终于写完了，你是个博士了。最后一个五月，你爸爸从巴黎过来看你戴着博士帽、穿着博士袍、在搭建在哥伦比亚大学花园里的巨大的白色帐篷中参加典礼。你准备把论文出版成书。你办了几场讲座，写了两篇新文章。有关米特里的计划逐渐明晰。你的学生喜欢你，其中有两个已经选了你指导他们的毕业论文。你从外教到助理教授的状态转变不过是走个形式。看到系里没跟你提这件事就贴出招聘公告时，你还是吃了一惊，不过卡勒德安慰你说学校面试其他应聘者只是走程序。很显然，这个职位就是为你而设、为你而保留的。

你看过其他的招聘。还有一些不满两年的，没有一个来自东海岸的好大学。你对波特兰唯一不满的是它跟巴黎之间的距离，九个小时的时差让你不堪承受。尽管如此，尽管有欧嘉的存在，你还是别无所求，只想留下来。再说，你没有精力再去投其他地方的简历。

你要赌一把。你给负责人事处的同事写了一封动机信，坦诚地描述里德给你带来的快乐以及你带来的贡献。虽然很累，你还是找到力气收集好材料，打了一些必要的电话，联系你的导师，让他修改一下推荐信，现在你的论文已经写完了。你办了一场讲座，虽然没什么时间好好准备，但至少你的同事们可以发现你投入到新的研究中去了。他们让你在学校里进行面试，不用等语言协会的面试。

月，你得知另一位候选人被选上了。这是你第二次在两个竞争者中做失败的那一个。

你知道你在普林斯顿犯的是什么错误。一个小小的政治错误，就像一粒沙，让机器失了灵，即便你给每个零件都擦了油。那时候的你只在普林斯顿大学待了两天，那里的老师们没有时间了解你。你的失败是由于不小心——不是因为你的个性。

你在里德教了一年半的书，你真的觉得每个人都喜欢你。发生了什么呢？你惹到哪一个了呢？

卡勒德也在失去他的职位，不过你知道为什么，他陷入了好几桩丑闻：由于给一个女学生提供可卡因而被她举报；勾引学校一名工作人员的老婆，她出于对他的爱情而离开了自己的丈夫，虽然他并没有要求这么多。你没犯什么罪，除了跟几个法语系的学生分享了一支卷烟——这里所有人都这么做。

那些去年你跟着一起喝几杯酒或者几杯咖啡、一起讨论文学与系里的或者世界上的政治的同事，今年秋天一个都没来往，因为你谁也不想见，不想听他们跟你说他们不比你知道得多，这不是他们能决定的事。在每个同情的撇嘴背后，你都怀疑有一场背叛。你没有明面上的敌人，在背后刺你的人是那些去年跟你讨论、跟你逗趣、跟你大笑的人，甚至可能是你今年秋天吐露你情场失意和抑郁情绪的人。

你眼中的世界再一次被笼罩在最阴暗的色彩下。艾丽萨、安娜、欧嘉。普林斯顿、里德。女人们、职位，一个接着一个地离开你。这不是浸淫在愤懑之中的时候。你会没有工作——没有薪水，没有医疗保险，从七月起。你应该去找一份工作。不管在哪里，不管做什么，同时等候明年的人才市场。你开始广撒网。你朝着四面八方应聘，直到中西部的最深处，寄出卑躬屈膝的求职信，说服负责无足轻重的文学系的乡巴佬，你是每周教授四节初级法语课的理想人选。问题在于，你是人们所谓的"超资格人选"，你丰富的简历让人害怕。

你问自己，你要做什么。回法国？三十七岁的时候？你没有在高中教书的资质，想进法国大学几乎是不可能的，何况你根本没把论文翻译成法语。

"我现在真的是一团糟啊。"那天晚上，当你跟埃利还有他想介绍给你认识的女朋友一起在小酒吧吃晚饭的时候，你一直在重复这句话。

你并没有注意到她，你一句英语也没说，她也听不懂法语，而且你不明白为什么埃利在接下来的几周里跟你赌气，就像你不明白塔德为什么再也不想见你。你认为所有人远离你是因为厄运让人害怕。

有天晚上，你梦到了欧嘉。你们在一间宽敞的维多利亚时代的房子里，门洞大开，你瞥见她逐渐消逝的身影从一个房间穿到另一个房间，突然，你有种肯定的自觉，她在找你。你开始跑，开始在楼梯上爬上爬下，然后，你听到有人也在跑，不是在逃避你，而是为了找到你。你们俩从两扇相对的门进到同一间房间，投入彼此怀中，动情地紧紧相拥。你醒了，胸前靠着枕头，就是她的头达到的高度。你感觉到一种如此强烈、如此饱满的爱情，她的存在如此真实，你无法相信她此刻不在床上，不在你身旁。

当天早上，你就给她写信。她在下一分钟就回复了你，就好像这几个月来她只是在等你的消息。当你看见她的名字在发件人的列表里的时候，你如此激动，以至于你问自己为什么要浪费过去的六个月。她同意再见你，你们约好第二天在学校旁边的有机咖啡店吃早饭。你刚瞥见她娇小的身影、留着的短发和眯缝眼，你的身体就开始颤抖。你所感觉到的情绪甚至接近一种恐惧。你倾斜身子，想要拥抱她，她躲开了。痛苦在你们之间竖起一道冰墙，言语只会让你们疏离。在你们失败的重逢里，你是无能的。

一夜无眠，你给她发了一条简短的消息，你成功地用一句话道出关键："二者之间的精神联系永垂不朽。"她很快回复了你。她跟你说，她不用言语表达自己，而是用行动，纵然你对她做过那些事，她同意再见你的事实就是征兆。昨天她在离开你之后哭了一整天，就像你离开圣彼得堡之后，她哭了一整个夏天——她再也没有眼泪为你而流了。她不想要一段争吵不休、床上和好的关系。她希望知道你未来对于你们俩的计划。如果你不提及，那么你们之间就只有你感兴趣的"精神联系"。由你决定，她总结道。

她信息里的每一个字都让你反感。她就只说她自己和她的眼泪。她信不信她能拿下"痛苦奖"？"你对她做过的那些事"，她这么说。她难道不懂这一切是因为她没有切断跟自己父母的脐带吗？她不为你着想，不听你说话。她让你"决定"。做什么决定，当你丢了工作、一无所有的时候？什么未来的计划，当你只能苟延残喘到明年、看不到更远的未来的时候？她难道不知道人才市场的残酷吗？她就不能表现出一丝一毫的温柔和同情吗？就不能支持你吗？

你没有回复她。

三月，就在去法国度春假之前，你接到一通电话：盐湖城的犹他大学给你提供了一年的职位。

盐湖城。一个只因为二〇〇二年的奥运会你才知道的城市，一个你从未曾想过要涉足的城市。这是一所公立大学，一个薪水一般的外教职位。你没有谈任何条件就接受了。有人、有地方要你了。

摩门教徒之都、盐水湖的城市。《圣经》内涵并不让你反感。纽约在盐湖城看来就是另一颗星球，甚至波特兰也是。你的学生们得知你要去搁浅的地方时都哈哈大笑：你？在一帮摩门教徒中间？一种怪诞不经、超现实的场面。你由衷地跟他们一起笑。搁浅，没有一个词含义丰富得更合乎你的情况：1）失败；2）因为意外触底而沉没；3）偶然地而非设想地停留在某处。甚至可以说，如果引用贝克特的话（"已经努力过。已经搁浅了。没关系。再试一次。再搁浅一次。更好地搁浅。"），你搁浅得越来越好了。

有了明年可以搁浅的地方算不算一种安慰呢？焦虑的罩子被拿走了，你重新感受到欲望：读书的欲望、大笑的欲望、散步的欲望、看望朋友的欲望、撩骚的欲望。一整个秋天和一整个冬天的蛰伏之后，你跟春天一起苏醒。你开始熟悉这种节奏，高峰接着低谷，如俄罗斯绵延山峦般的感情，春天的幸福，夏天，灾难紧随其后的秋冬，再到新的春天。普鲁斯特找回了时光，你找回欢乐。毫无疑问，这就是生命的韵律，是得墨忒耳①的韵律，众神迫使她唯一的女儿冬天和丈夫待在冥界，到春天才能到大地上在她妈妈身边。植物发芽，花朵盛开，棉衣换单衣，生命复苏。鱼在海里，你知道我的感觉／河流自由奔腾，你知道我的感觉／花朵绽放枝头，你知道我的感觉／新的破晓，新的一天，新的生活／我感觉很好！②

三月，你来到巴黎，你的朋友和家人在等你。你在你妹妹家住了几天，之后住塞巴斯蒂安家，你跟他已经完全和好了，再住克里斯朵夫家，你爸爸家，你感觉自己重新在大地上站稳。你爸爸给了你妹妹和你一份大礼：五千欧元。有这笔钱，再贷点款就够买一间套房了。跟尼古拉讨厌资本主义相反，你觉得房地产投资是明智之举。你想要在巴黎有一个落脚点。你没花很长时间去找，听一个表亲说有个老师特别急着卖一套十八区的两居室，在古特多街区中心，你要去看看。楼建于二十世纪七十年代，有点丑，套房有些寒酸，三扇落地窗朝向一处露天平台，从那里可以看到整个巴黎北部和圣心大教堂。你想象着自己一个人或者跟朋友一起，围着一瓶香槟，面前是

---

① 得墨忒耳，希腊神话中司掌农业、谷物和母性之爱的地母神，是大地和丰收的女神，她给予大地生机，教授人类耕种，是司谷物成熟和农业方面的神祇，同时她也是正义女神。
② 原文为英语。

映衬着星空的巨大圆顶[1]。这是一片要花七万五千欧元的巨额景色。这个街区"生机勃勃",正如人们所言,然而太靠着蒙马特高地,以至于似乎你也应该不可避免地资产阶级化:从长远看,这是一个很好的投资。你不再去看其他家,毫不犹豫地签了购买承诺书。

四月末,当你的课结束时,塞巴斯蒂安从法国来波特兰看望你,还给你带来了一个很棒的消息:他被任命为纽约《自由报》的联络人,这个夏天以后,他就会在这里再次就职。你最好的朋友将会再次跟你生活在同一片大陆上,而且即使犹他州不算隔壁门,当你想见他的时候,坐几个小时的飞机他就能接待你。你感觉流放的镣铐松开了。他租了一辆汽车,你们饶了一大圈,沿着海岸线一路下行,一直开到西雅图和温哥华。你们参观城市和国家公园,然后沿着太平洋从一个小镇颠到另一个小镇。为期一周的森林大海[2],轻松人笑。回程中,当你们穿过学校的一座公园时,你的一个同事喊道:"看呐,他就是校园狂人!"塞巴斯蒂安哈哈大笑:"校园狂人!人们是这么称呼你的吗?"

你奋发图强,跟埃利一起努力,他正在你的指导下,用法语写里德有史以来内容最丰富的论文,你想在这个地方留下痕迹。有一天他迟交给你比较难的一章,你训斥他说:"你懒死

---

[1] 圣心大教堂的顶为圆形,义中常用以代指教堂。
[2] 指旅行。

了！"①（你拖拖拉拉！），这以后，就算他交给你几页，你也兴高采烈地重复着这个词，当你将它法语化，这个词念起来就像抽鞭子的啪啪声："你拖死！你拖死了！"一直念到只发出"死了"，你一在校园里碰到埃利，就用语言像蛇一样攻向他。他告诉你学生中流传的有关于你和卡勒德的只言片语：变态、龌龊。你知道变态这个词，不知道龌龊，它的发音呼应着它的意思，好似一条恶心的鼻涕虫在唇间滑过、游动。生活糜烂。老色鬼。伤风败俗。行为不端。耽于肉欲。这个词让你发笑，你喜欢用英语重复它，它丝毫不会减弱你对学生的喜欢。在一个像波特兰这样的洞里——因为波特兰就是一个洞，埃利，不该遮遮掩掩——什么是淫秽，肯定只有女人屁股中间的小黑洞，两个肉球中间的狭小口子，极乐之洞称得上淫秽，如果不是它，还有什么算得上淫秽？那天埃利走近你来还一本书，你低声对他说："你的三个孔之中，我最想要的，是最不光滑的那一个。"他脸上浮起的红云让人垂涎欲滴。正当他一脸震惊，你说这句话引自甘斯布。他笑出了声，你那迷人的埃利带着受惊的处子神情表示同意。他很害羞，不过也很开放，他跟你、卡萨诺瓦、萨德、甘斯布、索莱尔斯、普鲁斯特、韦勒贝克一起对抗大地上的蠢货。耽于肉欲，不错，因为你没有任由唯一的真知牵着鼻子。当你惊呼"这屁股真是惊为天人！"的时候，就连最平淡乏味的学生最黯淡的眼珠中都会闪耀生活之光。做

---

① 原文为英语。

爱是摆脱乏味的唯一方式，欲望是唯一能刺破生活的针。

五月初，在威拉米特河沿岸一家咖啡馆里，你注意到一个穿黑色长裙的女孩，一个音乐家，如果你信得过她椅子旁边靠着墙的长方形盒子的话。她是交响乐团的小提琴手。不是美国人，奥地利人：一个欧洲人。她在茱利亚学院上学，是个纽约客，跟你一样。犹太人，棕发，动人。她笑得很大声，有一搭没一搭地回应着你。她望进你的眼里。你们交换了号码。就在她要离开咖啡馆之前，你迅速地将她揽进怀里，她没有反抗。从你们第二天在唐人街的一家饭店里见面开始，你们就知道你们在那里既不是为了吃喝，也不是为了聊天。你们草草了结这些没用的前奏。你跟着她去了她家，在威拉米特河西，一个你喜欢的街区，紧靠着鲍威尔书店。

那条黑裙子之下蒙蒙眬眬的，你没有猜出她身体的完美——没有猜出她圆似甜瓜的胸、宽阔的臀部，还有在你屁股下发红的白色肌肤。你们整夜待在一起，第二天的整个白天也在一起，中午点了一个比萨恢复元气。这是一个读了乔治·巴塔耶的女孩，可以领会做爱的神圣性。她喜欢仪式、玩具和镜子。她一本正经。当你在她面前跪下、捋起她的裙子、翻转她的身子时，她一脸严肃。她知道屁股是喜爱的标志，知道控制意味着抵抗。你征服了她。她欣赏你的男子气概、充沛精力，你能二十四小时不停歇地做爱，还有你的疯狂。你喜欢她对自己淫秽的无知，对罪恶感毫无意识。

你没有恋爱，但你重生了。

六月初，你来到法国。就是在这古老的国度，你将你那颗情感丰富的心像蜕除的老旧皮囊般遗留在此地。你跟"噻巴""波""狼"和"熊猫"飞到了西南部，度过惯例的一周，逛逛大酒庄，信步闲游，品尝美食。五天没个正形，好像你们还是十七岁，没有女人，不用担心工作，不承担责任。在巴黎，你的朋友们闷闷不乐。他们说法国没什么变化，他们嫉妒你再也不用住在这里。你呢，所有的一切都让你兴奋：灰白色的建筑；走出地铁感受到的温柔的不拘；里沃利街上骑着自行车的优雅女孩以及她T恤衫下凸起的胸；人造革的软垫长椅；你跟朋友碰头的咖啡馆的镀锌柜台；你说"太性感了，这些短袜妹！"时对短袜妹这个词应对自如的女服务生。在巴黎的两天，你忘了自己四分之三的时间生活的国家是如今已经完成法西斯国家的美国。你像套进一副严丝合缝的小山羊皮手套般步入你的巴黎生活。

左岸，右岸，你同时间搭对手戏，你从一场朋友约会、工作会面或是风流幽会赶到另一场，你每天晚上在不同的朋友家吃饭。指间一支小雪茄，苏菲和她的女伴允许你在客厅抽，一碟浓稠度恰如其分的勃艮第干酪、一杯醇厚的阿尔萨斯白葡萄酒，还有朝着圣马丁运河的落地窗，运河在黄昏中泛着普鲁士蓝。你既惊叹又感恩地感慨道："不管怎么说，大家都挺好！"你又见了这位杂志社主任，你在洛杉矶的一场研讨会上遇到的他，他把你介绍进他友好而有涵养的圈子，这里面不仅有大学教师，还有作家、艺术评论家和电影导演。他们很高兴能迎来一位美国大学的年轻教授，也许他能成为他们在大西洋彼岸的船锚，你也很高兴能参加到他们的伟大事业中，出版几期可以奠定现今文化地位的杂志。你后来向他们推荐了一篇有关DVD文化的文章，还有另一篇有关让·米特里的文章，他们都欣然接受了。就是在这个圈子里你认识了韦罗妮克，一个漂亮的棕发女人，年纪稍长，这几年在录制《追忆似水年华》的朗诵，跟你一样，对文本烂熟于心。你们新生的友谊宛若一见钟情。

你签了最终的购房合同，终于在巴黎有了属于自己的地方，不用冒着被赶走的风险，不用顾虑任何人。你小小地庆祝了一下乔迁，你的套房几乎要挤爆了。香槟酒在浴缸中摇晃，你的客人们在你的建议下带来了这些酒，保存在浮满冰块的浴缸里，就像人们在纽约做的那样。那晚下着大雨，很难去天台，一群人挤在铺了瓷砖的狭小客厅、小厨房和宽敞的房间里，把你的屋子变成了一个沙丁鱼罐头，人群的密集度反映出你受欢迎的程度。所有人都在，你爸爸、你妹妹、你的表亲们、邻居们、朋友们，有新朋友也有老朋友，作家、导演、教授、哲学家、记者、艺术家，各方面的知识分子，法国人和外国人，你在巴黎所有的生活层次中所有你认得的人。你真的认识很多人。这不单单是对交际圈的嗜好，虽然你不否认这种多重联系在法国和美国的好处。你对其他人的工作、主意、想法有一种真正的好奇心，一种产生于你所提问题的好奇心。你很开心，就像普鲁斯特说的，为这种人类多样性感到开心。

俄勒冈州冬天的孤独、悲伤和沮丧，好像只是在巴黎梦到的噩梦，从未真的发生过。早晨在自己家中醒来是多么幸福啊，虽然因为时差的关系你并没有睡着；能从窗户看见云层和好笑的大圆顶是多么幸福啊，原本镇压的标志变成巴黎的象征，它用它的丑陋统治着最迷人、最风景如画的山丘！你喜欢蒙马特，喜欢它爬满常春藤的石墙、它的石阶、它平整的小巷和螺旋状的街道，你熟悉这里如同熟悉自己的口袋。然而，你还是更喜欢你的街区，这非洲的一端，街上满是玩耍的孩童，坐在咖啡店露天椅子上或者人行道路边的男人们，包着头巾、穿着彩色袍子、背上背着宝宝和大篓子的女人们。事实上你是唯一的白人。商场叫"海地市集""巴黎非洲"，或者，最靠近你家的，名字像是你发明出来："康康·库拉"小超市。出售非洲布料的商铺，卖绵羊头、山羊头的肉铺，黑皮肤、混血皮肤用的化妆品店鳞次栉比。你认识了在街角开杂货店的象牙海岸人，教你"赛贝内"的刚果人，也就是非洲爵士乐，在"三兄弟"烹饪美味的古斯古斯[①]（不到十欧）的摩洛哥人。你很惬意。那天在她家门下面，你家楼房旁边，看见这个长着巨大的屁股、上了年纪的女人戴着黑色羊毛的大盖帽，系着一条非洲围裙，你感觉幸福显灵了。如果你再次回到这里，那绝对不是偶然，在这敏感的、混合的、热情的、反资产阶级的、与众不同的巴黎。你的渴望就在这里。

[①] 一种小麦制作的非洲食物，外形类似小米，常配以肉汁、肉圆和蔬菜。

你在家里度过了几天完全一个人的日子，读书，喝酒，在天台抽小雪茄，遐想，套房里回响着钢琴、小提琴、小号、萨克斯管的奏鸣或是妮娜·西蒙强壮、活力、坚定的嗓音。*在你知道的全世界／有几亿男孩和女孩／年轻、有天赋、黑皮肤／可这就是事实！*你邀请了你的爸爸、妹妹和她的孩子们来吃晚饭，你在美丽的星光下跟朋友整夜畅饮畅谈。你再见到尼古拉，总是如此迷人、没责任心的他，一整夜在天台跟你抽大麻卷烟、打趣逗乐，好像你们还是十七岁，而那会儿他老婆就要生了。你想到你的奥地利小姑娘，想象着她在你的床上，急不可耐地等着被你训导，你梦到了她令人心醉神迷的屁股诲淫地向圣心大教堂致敬。你邀请她过来。巧得很，夏季中旬，她要在欧洲办一场音乐会。她迫不及待地要再见到你。

/ Ⅲ

云中王子

七月末,你去了布列塔尼。天气很好。橘色的无袖圆领衫凸显出你肩膀上在里德健身馆里练出来的肌肉和诺曼底西南部阳光下晒出来的古铜色。你很高兴回到这座未经开采的半岛的末端,你爱这里就好像你的根在这里。你起得很早,跟着我姐姐沿着沿海小径跑步。下午你跟我女儿还有我一起走到大西洋海岸边的原始沙滩,卡蜜儿累的时候,你就把她举在肩上。你温柔地称她"我的亲爱的"。晚上我们在我爸妈的小房子里吃饭,这座房子像一座郊区小楼,你给它命名为"城堡",这让我妈妈很开心。你跟我更小一点的弟弟讨论一些哲学话题,你倾听我爸爸有关布列塔尼的松树和天气的评论,不过还是得数你和我妈妈之间对话迭起,有关卢旺达、以色列和巴勒斯坦的诉讼,或是围绕凯尔泰斯·伊姆雷[①]的书。我们都在争抢你的注意力。只缺尼古拉,他的宝宝刚刚出生。

---

① 凯尔泰斯·伊姆雷(1929—2016),匈牙利作家,2002年诺贝尔文学奖获得者。

你感觉自己是《定理》[①]中年轻的外国人，来到一个家庭，诱惑着每一位家庭成员。我母亲的活力、好奇和热情让你想起了自己的妈妈。你很早就认识她了，在她身上你感受到一种子女对父母的感情，虽然这几年你很少看到她。一到夏天她就会穿一身粉，你注意到她穿着的每一个细节，每当你赞美她优雅精致、赞美她每天晚上展出的新腰带无与伦比时，总会惹出她阵阵少女般的笑声：

"这条比昨天的还好看：有铆钉！难以置信，一条真正的芭比性虐腰带！"

就连我爸爸，一个尤为爱抱怨的人，看到另一名男性逗笑他老婆的时候都很快活。我们越是笑，你越是心花怒放，主意不断。大家都希望你待得久一点，四天太短了。可是你还有别的计划。后天你在里昂火车站的月台上有一个约会。你已经让你的爱人裙子下面什么都别穿。你告诉了我，我羡慕的神情让你觉得好玩。

散步的时候，我跟你说到我冬天写的那本《跟朋友的自画像》，快要写完了。这本书讲了友情——能够追溯到十年或者几十年前、经历过重大变故的友情，就像我们之间那样。有一章是关于你的，这是当然，有一章关于艾丽萨。关于你的那一章，标题是《灵魂伴侣》。你有十年没读我的稿子了。我希望得到你的文学建议，但还在犹豫要不要给你看。

[①] 意大利作家、诗人、导演皮埃尔·保罗·帕索里尼（1922—1975）的小说，1968年改编成同名电影。

"我什么都说了,托马,好的坏的都有。杜布洛夫斯基[①]风格。你不害怕吗?"

你读过《破碎之书》,想起书中导致杜布洛夫斯基的年轻妻子艾尔丝的死亡——流产和酗酒的可怕段落。你当然害怕。可现在你知道了关于你的这个文本的存在,不能不读。你好奇得心痒痒。

吃完晚饭,我妈妈跟你之间的对话比往常结束得还晚,一直聊到早上两点,你一回到屋檐下属于你的房间里就去翻目录,把写了你和艾丽萨的段落和剩下的分开,从写你的段落开始读。

第一页描述几年前在亚历克斯爸妈家吃晚饭席间,你好像一座比萨斜塔,身子侧向你的邻座,衣衫不整,热汗直流,T恤衫豁到了胸口。你挑高了眉。你想起来那餐晚饭和那件开司米毛衣下优雅的卡尔文·克雷恩 T 恤,那天屋子里太热,你不得不脱掉毛衣。这个我以消遣你取乐的场景表明了我对你的看法。好吧。你还能克服这些自尊心上的小伤口。

我总结了你的一生——就我所知的——总结在这二十七页纸里,都在里面:当你二十岁时我们的关系,你跟艾丽萨、安娜的爱情,她们分别被我称作多洛蕾丝和朵拉,我们在康涅狄格州、中央公园,还有冬日的午后沿着哈德森河的漫步,河里

[①] 塞尔吉·杜布洛夫斯基(1928—2017),法国作家、文学批评家,法国文学教授,1977 年提出"自我虚构"的概念。小说《破碎之书》获 1989 年梅迪西斯文学奖。

还有浅绿色的冰块互相碰撞。我在描写方面颇有天赋，你又看见我们顶着刺骨寒风漫漫前行，风吹红脸颊，吹散发丝，我们俩都挺开心。接下来几页，语气变了。我讲述了你工作上的失败，将你的工作移到另一个领域，将你写成法语联盟的主任，写你跟取名萨莎的欧嘉的相遇，写一年半前，我们在市中心一家日式餐馆里吃的晚饭，你花了三个小时跟我讲欧嘉，而我觉得无聊透了，盯着你塞进过紧的黑色牛仔裤里的黑衬衫、你的黑色眼镜，还有过长的头发，想着你已经有了纽约客特有的伪装神情，土头土脑，失去了你的无拘无束和自由自在。一句话，你很悲壮。这就是我想到的，在你让我参与到你的痛苦中的时候。

你徒劳地愤慨着，眼泪流到了纸上。一个接一个的爱情或者工作败笔，那可悲样儿像一记耳光直直地甩在你脸上。你看起来像一个可怜虫、一个小丑、一个废物。我所描写到的唯一高尚的情感是，我失去"灵魂伴侣"的悲伤。最后我引用了波德莱尔的《信天翁》：

> 诗人仿佛云中王子
> 纵横风暴，讥笑箭手；
> 待沦落大地，身陷讥诮，
> 巨大的翅膀倒阻止它行走。

我将你比作"蓝天之王，笨拙而羞怯"，比作生着"巨大的翅膀"的鸟，被捉到它的水手们嘲笑。你的脖子伸向精神领域，音乐的天空和文学的纯净空气，然而，跟信天翁一样，你被困在巨大的翅膀里——这副笨拙高大的身躯，爱打手势又爱出汗，让人疲惫的过度表现，被无法适应的职业世界削剪的翅膀。你是流亡大地的云中王子。我想当然地以为这种诗意的类比是对你的恭维。我没有意识到它让你卡在了不适应这一点上。

你读完写艾丽萨的那一章。一路货色。你没有读剩下的。

你没睡着。前几天的快乐好比阳光下的雪一般消融。你想到爱情上的失利，想到你在普林斯顿大学犯错之后来到里德学院，想到那些没有下文的计划：有关艾丽萨的小说、关于普鲁斯特的唱片、跟托尼合写的剧本。你想到十五天之后就要动身去这座陌生的城市，世界的屁眼，盐湖城。你再一次感受到那天得知里德学院的职位给了另一个人时的耻辱感。你的老板甚至都没给你打电话，你是在开玩笑地问系里的秘书为什么她神情如此专注、她毫无恶意地回答说在打印替代你的人的合同时才偶然得知的。

我是你的朋友。我心肠不坏，你知道的。可我怎么能忽视那种脆弱，忽视那种在手指放在别人最敏感的区域还按下去的疼痛呢！我那还不满五岁、可怜的小姑娘，你为她担心，担心她推土机一样的妈妈会压死她而不自知。也许你什么也不会写，但至少不会给任何人带来这样的痛苦。你宁愿做个可悲的小丑，也不愿意做一个让你读这样的片段、还问你"文学"想法的女人。这片段不仅伤人,还很糟糕。你多少会有失偏颇,毕竟这是关于你的文字,即便如此,你对此也十分笃定。你想到普鲁斯特写给他的朋友阿莱维的信中有这样的句子:"宇宙生于个人的顶峰。"我的书写达不到任何顶峰,甚至在深度上都达不到你的程度,只到最低水平。我将你的一生化成一条时间线,剥除所有实在,纯粹按照社会学的标准来评判它是否成功。

即便寥寥几页却也给你一种当头一棒的感觉,你知道从明天起,你就要振作起来。重要的是你听贝多芬的 A 小调第十五弦乐四重奏时所感受到的东西;重要的是后天你在里昂火车站的约会。你的真理在那儿,那是你的生活。你,你真正的自己,你诗意的存在,跟朋友欢笑,欣赏女人、天空抑或一幅画,这些在这几页纸里都不存在。要说你多喜欢普鲁斯特,其实就是喜欢他最核心的直觉:真正的生活在于逃离了时间的时间碎片之中。那块著名的玛德莱娜小蛋糕,不过是现在与过去的相遇,它能让人走出,既不存在于过去也不存在于现在,而是处于二者之间的死亡焦虑,这句《重现的时光》中的话深深烙印在你身上:"从时间秩序中挣脱的那一分钟在我们身上再现,就是为了让我们感受人挣脱时间秩序的那一刻。"我写的东西是反普鲁斯特的。

第二天早上,你在读《俄狄浦斯》,坐在花园里的长椅上,突然感觉到我的手放在你露在橘黄色背心外面的肩膀上,你全身一紧。

"所以呢?"

你听出我声音中的焦虑。你知道我对这本书期望很大,这自我女儿出生之后写的第一本书。你转过身来,看着我。

"这还不能算定稿。还要再改。"

"当然。这是初稿。你都读了吗?"

"没有。只读了写我和艾丽萨的章节。"

"你不喜欢?"

你耸耸肩。

"我哭了,很明显,全是我的过去。但是你低估了他人……你怎么能把关系简化成这样呢,卡特琳?我呢?一个笑话!我看这个设想不可行。这是下杜布洛夫斯基。在杜布洛夫斯基那里有一种广度、一股气、一种能量、一种描写……你的文章完全是平的。你的姿态站不住脚。你的目光是悬而未决的、你有一种傲慢……你的母亲、尼古拉、你,你们全家都有。"

我的微笑凝固了。

"你不觉得你自我得不客观吗,托马?如果我的文字触及了你,如果你认出了你的过去,甚至都感动得哭,那它就不会像你说的那么糟糕,不是吗?"

我的神情像是认为你在寻机报复,一报还一报①,正如领养我们的国度里的人说的那样。我真的什么也没明白。你站了起

---

① 原文为英语。

来，庄重又不无悲伤地说：

"你知道，卡特琳，人怎么说都是有点内心生活的。"

我脸红了，不说话了。

你找到一间装修现代的两居室，宽敞明亮，铺着浅色木地板，宽玻璃窗洞朝着名字有些异域情调的山峦——瓦萨奇山脉、欧其拉山脉。空气很干，天气不错。你发现就在你家附近有一处峡谷，你可以在蓝得迷人的天空下远足。你每周去两次学校的体育馆，白费了它的古色古香——跟里德学院的那些光彩夺目的机器根本不能比，你在这里锻炼。你买了一辆二手自行车，有五种速度，可以在十分钟之内到学校，还可以沿着又长又宽的大道发现这座城市——与此同时，你在一本旅游册子上读到，在杨百翰时期，为了躲避对东部摩门教徒的迫害，虔诚的教徒杨百翰在1847年建立了这座城市，司机毋需对上帝起誓，他的车就能开。盐湖城不是波特兰。建造于二十世纪四十年代的巨大的摩门教教堂禁止游客入内，教堂哥特式的尖顶和宏伟的楼身俯瞰着圣殿广场和整座城市。教堂附近是世界上最大的家谱图书馆。改革后的基督教小分支——耶稣基督后期圣徒教会，这里所有人都以首字母缩合词称呼它LDS教会，如今成了一支有着一千五百万教友的教派。虽然盐湖城不只是住着摩门教徒，然而走在这座过分整洁的城市中笔直的街道上，还是处处能感受到一个宗教色彩浓厚的美国，这一点对你而言是最奇特的。秋天，你得知你学生中的一些人十八岁就已经结婚，一些二十岁的男孩子已经是一个家庭的父亲。金发碧眼的人们。你询问他们的生活和宗教，对他们感兴趣，也尊重他们。

每个星期，你上十一个小时的课，有语言、文化，还有文学，你应该再一次进入才市场。你的合同只有一年，而且你根本不想在这里发霉。在网上查找招聘信息，写推荐信，整理材料，文章和论文的各个章节复印成好几份，制作材料并在截止日期之前寄出去，一轮又一轮。

刚来的时候，你就探索过你的街区了，发现在离你家几条街的地方有一家"慢食"咖啡馆，它很快就成了你的食堂，因为这里的食物美味、有机、丰盛而且不贵。说真的，简直就不要钱，客人自己估价，想付多少付多少。你从没在别的任何地方见过这样的经营理念，你跟露易丝讨论过这个，她是一位胸部丰硕、四十七岁、棕色皮肤的美人，店主兼厨师。她每天都把剩饭剩菜给那些无家可归的人、吸毒的人，所有无以谋生的人。这是一位真正的社会主义者。她立刻就被你吸引了，遇到一个像你一样智慧、风趣、又高大又年轻的帅哥，最重要的是还单身，让她吃惊不已。你们一起出去。你挺仰慕她的。你没有爱上她，不过你们之间有一种完美的融洽和一种并不妨碍你们探索彼此身体的尊重。她不具备美丽的奥地利姑娘的撩人智慧——她已经没空了，因为今年秋天她在波特兰遇到了新的人，你为她感到高兴，但是她安抚你，喂养你，用精心烹饪的美食散发出的香味挑逗你的鼻孔、搔弄你的味蕾。露易丝是母性的，她让你在盐湖城安定下来。

你甚至在同事中交了几个朋友，两个跟你年纪相仿的年轻助理教授，跟你一样，来自美国东海岸：一个瑞士人，在哈佛完成了有关女性创作的歌剧的博士论文；一个是来自马萨诸塞州的美国人，普林斯顿大学的博士，写了一本有关巴尔扎克和左拉小说中的货币的书，刚被明尼苏达大学出版社选用。这段时间在大学找一个与法国文学相关的职位变得很难，到处是有着相同教育背景和相同文化的人。离纽约这么远还是有优势的。竞争没那么激烈，人们对他者自身是怎么样的更加感兴趣，人和人之间的关系更为热情。下课之后，你们一起去喝咖啡，周末互相邀请在彼此家中吃晚餐，你们互相支持。盐湖城也不缺乏文化活动，你带路易斯看过两场在卡皮托尔剧院上演的百老汇和外百老汇的戏剧，那里的票比纽约便宜——这是外省的另一个优势。犹他交响乐团会举办一些相当入流的音乐会。最让人惊喜的是众多爵士乐俱乐部和嘻哈俱乐部，还有两家优秀的舞蹈剧团。几个月里你就再造了一个世界。

十一月末，你来纽约待了一周。你住在塞巴斯蒂安那里，回归你们初到纽约时的法语圈，他们跟你们一起或是在你们之后来到"大苹果城"[①]冒险。一个有意思的记者叫你"浩克"，让你直发笑，这是一个绿色的、肌肉发达、交游广阔的漫画人物的名字。欢乐的一周。再面对所谓的摩门式孤独之前，你

---

① 指纽约。

为自己的社交和情感电池充好了电。你跟塞巴斯蒂安、亚历克斯、我在亚历克斯妈妈家度过了感恩节。

我告诉你说我在重新润饰我的书，并感谢你的直率，告诉你，你的评论我过了一会儿才明白，让我有了进步。我给你看了新的结尾，我加进了我们在夏天的讨论，让你说了几句颇为怪诞的话："你怎么能把关系简化成这样呢？我呢？一个笑话！"但是，你不想我这么做了。你几乎被我向你展现的可笑抢救感动了。一旦我们稍稍以一点点距离去凝视这份生活，就会发现它不过是颇有些技巧的小丑演的滑稽剧罢了。悖论在于，自从你读了我怎么看你的白纸黑字，我们反而更亲近了——你好像已经没什么要提防我的地方了。

你要利用这次来纽约缠磨一下之前的老师。你要跟本努瓦在苏豪大酒店的酒吧里喝上几杯，他还关注着你，指导你的论文已经过去三年，你应该要拿出一本书了。

你知道要怎么做。最后一年你也像模像样地给哈佛大学出版社寄过你的博士论文，也就为了测试一下。果不其然，被拒绝了。两篇详尽的阅读报告，匿名的，让你知道还有多少必需的工作亟待完成。美国的大学很严格，他们要求从引言开始就要表明书中论述的主要思想，更要清楚地表明你对与普鲁斯特相关的著作的定位，尤其是新近的著作——你还没读的那些。搬家、旅行、教学，往来于两块大陆之间满满当当的生活，以及这三年来吞噬了你所有秋季的应聘，你没有时间修改论文。

你，来自常春藤联盟大学之一，在一所不错的私立大学教了两年，在一所公立大学教了一年，现在，你准备好了去任何地方。一月底，你拿下一个职位：里士满的弗吉尼亚州立联邦大学的助理教授。

你无比安慰。

你的野心变小了。

这是你三年前连申请都不会递的那类地方。那里没有法语系，也没有罗曼语系，只有一个会说法语的同事。你所在的系是世界研究学院①，研究人类学、宗教、国际关系和语言，跟文学离得很远。这是一个公立机构，也就是说基本没有资金。你的工资比你在里德学院单纯做法语外教还要低。建校于1968年，一开始，这是一座医科大学。并不是什么差学校，再说了，它以自然科学出名。

你的职位并不耀眼，但是"终身"②的，也就是说如果你能拿到终身资格，你就可以在四五年内毫不费力地保住这个职位，就算只出一本书。校区位于东海岸，从纽约坐飞机过去要两个小时，所在的城市是座大城市，有一个机场，一个半小时的火车到华盛顿，华盛顿虽然不是最有玩头的大都会，但也算是美国政治中心，有很多免费且很棒的博物馆。里士满，在这个秋天之前，这个名字你听都没听说过，在历史上很重要，而且比盐湖城要古老得多。为了吸引你，人事处强调了艺术馆和实验室的庞大数量。你很吃惊地得知美国最重要的法语电影节

---

①② 原文为英语。

三月在里士满举办。这是一座第七艺术爱好者的城市。你未来的同事对你要建一个电影小组的想法很是兴奋。你从他们那里听说，第二年你就可以拿到一学期的带薪假来写东西。感觉到彼此需要是件让人愉快的事。

你要上点心，把那篇在你厨房台子上拖拉的博士论文变成书。再投入进去对你而言是痛苦的，但是经过两年半完成之后，你会觉得这是可能的。思考的工作已经做了。你要着眼于作品的政治筹码，并表明，普鲁斯特的作品（清晰明了的）写作方式在习惯意义上远非古典的，而是通过其写作的优秀使人承认是古典作品，进而重新定义了古典主义。你准备发表你的博士论文，然后写第二本书，有关让·米特里。几年后，你就能处于更好的地位，从而找到一个跟你的履历和文化更为契合的工作。弗吉尼亚只是一个过渡，一块连接未来的跳板。你要在四年里搬到三座新城市，三次重新开始生活。你做不到了。你已精疲力竭。

三月，你回里德学院去看了看朋友。你甚至再见到了欧嘉，在你们一年前会面的有机咖啡馆里。这之前她立马回复了你的信息，还坚持要在你刚到的那天见你。让你吃惊的是，她对你表露出她的爱情。你是她生命中的男人，她从未爱过谁，除了你。她穿了一条袒胸露背的紧身裙，贴着你，向你送出双唇，试图引诱你。如果不是前天晚上你跟露易丝做了爱，也许你就屈服了，但你已经没多少力气了。再者，你对这次见面早有预感，要提防欧嘉和所有的诱惑，这些曾经让你耗费精力的人和事。你更惊讶地发现自己的谨慎其实毫无必要。在这个两年前你本可能与之结婚的女人面前，你什么都感觉不到了。你无法理解当时她怎么会让你这么受罪的。你独自一人在外省是不是你激情的首要原因？就像你在我作品中读到的那样？你也开始怀疑这一点。她颚化音节的口音不再吸引你，你甚至不再觉得她美。她太瘦了，嘴唇太薄，鼻子太尖，颧骨突出，看起来就像一颗干掉的杏子。发现欧嘉如此强烈地为你们的爱情懊悔，大大满足了你的虚荣心，可是，觉察到光阴的全然虚掷，错愕于自身的蜕变，你感到悲哀。你应该重回里德，去发现自己已然判若两人。

普鲁斯特还说过："在这一切虚掷、一切消逝的世上，有一种事物崩坏、甚而更为完全地消散，残留的遗迹比美还少，那就是忧伤。"

/ IV

亡者广场

在法国逗留两个月后,你在八月初回到盐湖城。在夏天来临之前你就退了套房,住在露易丝家。你留了几十箱书和电影在她家,现在你要从邮局寄掉它们。你的旅行箱同你一道动身去弗吉尼亚州,露易丝计划十月去看你。她的计划还不清楚,不过她想着去里士满再开一家慢食咖啡馆,应该能在大学城找到合适的顾客群。

在网上稍加搜索之后,你弄明白了咖啡馆应该在哪里生存:在"扇子"街区,靠着大学的街区,就在门罗公园旁边。你不开车,不能像弗吉尼亚联邦大学的大多数教授那样住在郊区的独栋楼里。反正你也比较喜欢市中心。这个街区有着古老的房子,某种程度上是里士满的历史中心。多亏了你在找房子上惯有的机智,你很快就在一栋木质独栋小楼的二楼找到一间公寓,阳光充足,充满魅力,有两个房间和一个面朝学校墙壁的角形客厅。跟你的工资相比,这间屋子有点贵,不过,你考虑到能接待来拜访你的朋友和家人。主街上有不少店铺，其中是一家酒品店[①]，卖很棒的法国葡萄酒，走路只消三分钟。

在这个夏末，你忙碌得像只小蜜蜂。你搭建自己的窝，就像三年前在波特兰和一年前在盐湖城一样。这一次，是真正住下来。你在那里至少要待三年或四年。你买了一张床，上面有不错的床垫。你回收了一张桌子、几把椅子、一把老扶手椅、一些扔在街上的搁物架。你买了一张木结构的榻榻米，作为沙发和备用床，还有一些金属格柜，用来放各种材料。你在一家私人旧货集市找到一些厨具、几盏灯和一辆立马让你生活便利起来的自行车。你通了电，办了电话，还通了网。你填好医疗保险表格，可能还要去见一下学校的经济顾问，因为你超过了三十岁，而且这是一个终身制的职位，你有权开始缴纳退休金，你每个月从工资里拿出三百美元交人寿保险。你的父亲会对此表示赞许的，你的行事像一个成年人了。

在波特兰和盐湖城生活的你已然不再习惯笼罩在这座城市里的湿热，你才把鼻子探出去，就大滴大滴地淌汗。你渐渐熟悉了校园、图书馆、坐落着世界研究学院的大楼。你跟秘书开玩笑，讨她的欢心。你见到同事，他们中的每一位都教一门不同的语言，从德语到祖鲁语。新的系主任菲尔·米勒是新来的西班牙语教师，长着游移不定的小眼睛、一颗比你小的脑袋，手握起来软弱无力。你了解到他从没踏足过西班牙——也没去

[①] 原文为英语。

过殖民者欧洲的其他地方。当然，他也没读过你不久前发现的西班牙作者博拉尼奥。他太忙了，没时间读小说，尤其是当代的。你们才认识五分钟，你对他的看法就定下来了。你很快就弄明白他热衷于组织开会。

一位教国际关系的同事邀请你去她位于郊外的家里。惊讶地得知你不会开车后，她让丈夫在晚上六点开巨大的 SUV 来接你。她在学校的行政部门工作，他们有两个孩子，一个男孩和一个女孩，就像你妹妹和你——这是国王之选，你一边说，一边跟他们解释这个让他们吃惊的表达有点歧视女性。他们在花园里烤了一些汉堡。天气很好，你带来的加利福尼亚梅洛葡萄酒任你们畅饮，他们对你非常友好，你们不无感伤地说起在新奥尔良肆虐的飓风。对自身生活的忧伤突然让你变得沉默。跟那些失去生命、失去亲人、失去家园的路易斯安那州的居民相比，你是幸运的，可是，你在这个花园里，远离巴黎、家人和朋友，跟一些你说不了什么的外国人待在一块做什么呢？在四年里你三次重新开始。你很疲惫，这一点毋庸置疑。你感觉在这里的好几年可能会很艰难。你应该尽快出版你的博士论文。一向你解释完系里如何运作，你们就赶紧颇有些费劲地寻找下一个话题。当你问起他们是否经常在华盛顿过周末的时候，他们不禁笑了。原来他们已经十年没去过了！丈夫陪你陪到八点半，直到夜幕降临。

你抵抗孤独的堡垒就是 iPod，在这个小小的银色方块里，你已经下载了几百首歌。你简直想在教堂给斯蒂夫·乔布斯点一支大蜡烛来表达无尽的感谢。就像去年在盐湖城，iPod 是你真正的国度，生命的唯一延续。耳朵里塞着耳机，你跟你永远的伙伴一起生活：贝多芬、巴赫、拉莫、莫扎特、舒曼、瓦格纳、迈尔斯·戴维斯、比莉·荷莉戴、亚特·布雷基、凯斯·杰瑞、约翰·柯川、妮娜·西蒙。还有其他住在这线条简洁、四四方方的终端里的人。一把扶手椅、一杯圣朱利安产区或者金玫瑰酒庄的桑塞尔白葡萄酒、一首《帕西法尔前奏曲》《我对你施了一个咒》[①] 或者《给黛比的华尔兹》[②]，钢琴的音符、萨克斯管乐或者歌声萦绕脑海，时间废止，灵魂开启。

你想到斯万，他在《凡德伊的奏鸣曲》片段中找到了这些现实之一的存在，他曾经停止相信的隐匿无形而又不可名状的现实，让他重新感受到奉献生命的渴望和力量的现实。

八月末，开课。

第一节课你就注意到了她。皮肤很白，红色长发，线条对称的诱人脸蛋上一张淡粉色的嘴巴，一个娇小玲珑的小鸟鼻子，修长的脖子，灰绿色的眼眸中透着某种温柔的神秘。《编织的女孩》中的伊莎贝尔·于佩尔，再加一点朱丽安·摩尔。你想象一条黑色的天鹅绒带子系在她的脖子上，更加凸显她苍白的肤色。从第一个月开始，你的课就是为她而上的。就是为了她，你才能在一夜没睡好之后，早上还能起床。她在你身上唤醒了一种温柔的渴望。

---

① 妮娜·西蒙的歌曲。
② 爵士钢琴家伊文思的名曲。

她不是很懂法语，跟里士满所有的学生一样。她从没去过法国，单词和重读发得磕磕绊绊，她听不出 u、ou 和 o 之间的差别，当她说"爱情"，你听到的是"死亡"。你再教她，她就跟在你后面重复。你让他们读一些翻译成现代法语的《特里斯丹和伊瑟》的片段。你抛出一个问题，她并不总是第一个回答。她害羞，想要在冒风险之前确定。有时你们会交换一个不致引起误会的微笑。

你想到让你的学生听一些法语歌：《不要离开我》《叛徒》《核武器之爪哇舞曲》《雅典外民》《什么也没有也足够》《时光流逝》《我爱你……》《我不再》《黑鹰》《巴黎苏醒》。你注意到她听歌的方式，去分辨她所喜欢的歌曲，学着了解她，通过这些歌曲表露心迹。

有一天，你在图书馆书架之间瞥见她的身影，就快步朝她走去，心怦怦直跳。这是你能跟她说话又不致引起其他学生好奇的好机会。你低声地喊她，她转过身，表情跟你一样吃惊。很明显你们之间有一种超乎师生的联系，那种沉默，或是那些歌词织就的亲密。我将到来，我温柔的女囚，我的灵魂伴侣，我生机的源泉，我要来畅饮你的二十岁……你们面对面，十五秒，或许二十秒，失语症击中你们，然后你才问她学得怎么样，还上了什么课。一个问题牵扯出另一个问题。你得知她是弗吉尼亚州本地人，她在靠近里士满的一座小城里长大，是家里第一个上大学的人。她从未去过欧洲。

她在法语上进步神速。大家觉得她很有动力。

她十九，你三十六。

老师跟女学生约会是从根本上禁止的。

她从未旅行过，关于世界她一无所知。你们之间隔着一代人和一个宇宙。

根本没可能。

她在你身上激发出来的温柔，这种情感犹如闪电穿过你，将你撕碎，你印象中从未在任何你爱过的女人身上体会过这种情感——不论是更年长的艾丽萨还是跟你同龄的欧嘉，或是年龄很小但感觉上要大一点，跟你有着相似的修养、相同的防御机制、同样爱挖苦的说话方式的安娜。

诺拉，就是具象的温柔、具象的美。一只天鹅。一种你从未体验的纯洁。靠近她，你会害怕，害怕亵渎了她。你远远地凝视着她。她的存在让你相信灵魂。

十月末，稳妥起见，你迅速检查了一下明年的职位清单。卫斯理安大学二十世纪法国文学助理教授的职位吸引了你的注意力。卫斯理安是东海岸一所著名高校，位于康涅狄格州，在纽约和波士顿中间。你不能不去应聘。这是一个你可以跟和自己匹敌的人共事的地方，是能让你不再需要跟朋友相距两小时火车的地方。这所大学没有普林斯顿、耶鲁、哈佛有名气，但同时能给你更多机会。

你寄了一份材料，两份留学文书，有关普鲁斯特的文章复印件和一篇刚刚发表、有关奥逊·威尔斯的新文章。你拿弗吉尼亚州立联邦大学的抬头纸写了一封应聘信。你的简历在那里，证明你曾经度过的更好的岁月。每个人都知道日子不容易，难以找到一个好工作没什么可耻的。

你没有很高的期待，你的经历已经练就了你，而且你丝毫没有要离开这个年轻女孩的想法，她从十二月开始就不再是你的学生了。

你甚至不想离开里士满。这是一座饶有趣味的城市，位于南部，有着地中海的天空，美不胜收的秋天。它代替了你心中波特兰和盐湖城这样的白色城市。对于美洲，它是一座历史悠久的古老城市：在这里，一七八六年投票表决了托马斯·杰弗逊为宗教自由起草，出台了政教分离的法规。你童年的英雄之一网球冠军阿瑟·阿什就是在这里长大的。从种族歧视到艾滋病，他的一生就像二十世纪下半叶的美国缩影。你呢，总是着迷于体育方面的战绩，自忖着是不是可以从这方面发掘出一个极好的主题，写出一部很棒的小说，之后拍成好莱坞电影。

头上戴着耳机，耳中响着妮娜·西蒙、贝蒂·卡特或是凯斯·杰瑞，你骑着自行车，在这座城市中穿梭，八月初到此地，它不过是一种抽象的存在，如今，伴随着你在詹姆士河此岸及彼岸的流连，它变成了各种映像、博物馆、公园、独特街区的集合。你在这里、那里流连,惊叹于英国人纵火后,这座城市中幸存下来的古老房屋,也为一处制作精良的铸铁门廊赞叹不已。在艺术博物馆里,你激动满怀地发现一些普桑或德拉克洛瓦的画作,像是家园的另一头,如此遥远。你可以在伯德影院、里程碑影院看电影,还可以去你能欣赏新艺术派建筑外观的卡彭特中心。

秋天步伐轻快地飞逝。虽然孤独,然而有音乐作伴。时间飞向十二月底,飞向学期末,飞向你不再是诺拉的老师的那一刻。

就像人们常常得到不再渴求的东西,当你收到一封电子邮件,告诉你卫斯理安大学的法语系希望能在美国现代语言协会大会上见见你时,你一点也不惊讶。

不管怎么说,你都会去的。系里招了一名西班牙语助理教授,而你的系主任问也没问你的意见,就任命你做了人事处的成员。学校给你付了酒店(不是最好的)和机票的钱。你有七十份材料要精读,要筛选,之后还要跟同事在无止境的会上讨论。一项枯燥乏味的活动,不过第一次身处栅栏的另一侧还是挺有趣的。你跟非尔·米勒的意见没半点合拍,你偏好的应聘者都是他不想要的。

十一月末去纽约过感恩节时,你在我们家吃晚饭,跟我们说到了诺拉。你看见了我们惊愕的神情:跟女学生约会,这肯定是会毁掉你事业的做法;这是自杀性的行为。

"什么都还没发生。我不是白痴。"

单单你们在课上投射的紧张的目光，这种相互的关注，你们在课前或课后交换的只言片语——想要说话、想要认识的双方的渴求，就已经超出师生的范畴了。

你甚至都没单独跟她喝过咖啡。你知道规定。学期末你要给她写评语。

然而你们之间的情投意合就是不可否认的事实。

从十二月中旬开始，她就不再是你的学生了。

难道能够禁止爱情吗？

难道没有老师跟以前的学生结婚吗？难道没有一些著名的例子吗？杜布罗夫斯难道没有跟他纽约大学的学生艾尔丝结婚吗？他还为她写了《破碎之书》。

十二月，课一结束，你就邀请她共进晚餐。

你好不容易在一个稍远的街区找到一家你从没碰到过老师的意大利餐厅。

在政治正确的灰烬中，氤氲了整个秋天的爱情不久就要燃烧了。你在铺了白色桌布的桌子下握住她的手，你们的身体被一阵渴望的战栗穿过。你不着急。这个女人是你生命中的女人，你很确定。

你们甚至不需要交谈，你们的眼睛锁定在彼此身上。

不过你们也说话。你们有太多事情要说，以至于在餐厅待了好几个小时。当老板打断并询问你们是不是菜做得不合口味时，你们笑着解释说，你们都没有注意到菜已经上了。

你跟她说起自己，说起你的妈妈，说你爱过的女人，说近些年的困难，说你第一次见到她的感觉。她跟你说她长大的农场，说她父系家族的爱尔兰血统，说他们在大饥荒时期移民至美国，说起跟她爸爸一样是农民的兄弟们，说起她在高中时期的法语老师和她学习法语的选择，说起对她影响至深的加缪的《局外人》，说起学习另一门语言的乐趣以及她喜欢的魏尔兰的诗歌。

你们提到你今年秋天让他们听的歌，有时候她真的会去想，你是不是想要向她传达某种信息，你们之间灼热的目光被一些同学看出来了，课后他们向她提了一些尴尬的问题，开了一些以她为对象的玩笑。你对此感到抱歉。从九月到十二月，你经历的所有，她也同样经历了。

当得知她有一个男朋友的时候，你全身的肌肉都收紧了。一个跟她一样在里士满读大二的男生，爸妈住在城里，已经约会一年了。

她立刻跟你说，她会跟他分手。她得在你们之间发生什么之前把情况说清楚，跟他说她认识了其他人。她很尊重他，不能欺骗他。这是个好男生。

你理解。你也同意，即便一想到不知道要等多久就会引起一种近乎生理上的疼痛。她拒绝你抱她。尽管她还小，她很明智，知道欲望是一道无法迫停的斜坡。

你们是最后的客人。你们在凌晨一点一刻离开餐厅，发现老板和一名服务员心灰意懒地待在一个角落里，绝望地等着你们离开。红焖小牛肘和尤为美味的小牛肉煎火腿卷，你们都没吃几口。

在街上的时候，你想牵她的手，不过这么做太冒险了。你叫了出租车送她回了家。

诺拉信守了诺言。在圣诞节假期间，当你不在的时候——你去参加了美国现代语言协会大会，然后去了法国，她跟她的男朋友说了这件事。这比她想的困难。他非常依赖她。他哭了，要求知道她认识了谁。她没有泄露你的名字。他用电话、短信轰炸她。他总要见她。

一月中，就在你回来之后，一天晚上，男生的妈妈给诺拉的手机打了电话。一直跟她一起住的儿子前天晚上没有回来，她想知道他是不是睡在诺拉家了。他不接电话，这不像他。这位妈妈很担心。

诺拉想到她的朋友和她不时见面、抽大麻卷烟、做爱的地方，一间空着的套房，被一些吸毒的学生擅自占据了。她去了那里。就在那里，在又脏又空的套房的半明半暗处，她找到了他，躺在没有家具的客厅地板上。气味很是呛人。他的头旁边有一小摊呕吐物。当她试图叫醒他的时候，他没有动。她摇他，喊他的名字，她努力镇定，打了911。

在等待救援期间，她对他做了口对口人工呼吸，就像她两年前在大学紧急救生课上学到的那样，她试着回忆起那些动作。轻轻地把头向后仰，按住下巴，疏通气管，用嘴覆盖对方嘴唇，吸气，呼气，重复两次，随后用手连续多次用力按压胸部——这是最难的，因为她纤细的手腕没有什么力气。然后重新开始呼吸。她一直坚持到几分钟后救援人员来。急诊医生接过手，但立马就停下来了。生命迹象已经没有了。

他死了。

当你知道的时候，你发出一声可怕的呼号。这是一个二十岁男孩的死亡，是你们爱情的死亡。虽然没有证据，因为他没有留下什么话，但诺拉相信这次分手一周之后的吸毒过量是一场自杀。她的朋友和她会抽一些大麻卷烟，但不沾烈性毒品。他从未表明过想要尝试的意愿。

这间套房变成了犯罪现场。市里的警察展开调查，诺拉被问话了。她没有说出你的名字。她的情况很糟。她绝望了。你不能为她做什么。你是痛苦的根源。

你们的爱情在死亡的迹象里开始，你们的爱情是被诅咒的。

如果有人知道她跟他分手是因为遇见了你，你们俩都会被指认为杀人凶手。两个无赖。

你们刚刚杀了一个人。这份同谋罪将你们永远地分开。

与此同时，毫无意外地，你被告知没有得到卫斯理安的职位，甚至没有被邀请到校园里。你都没有位列最好的应聘者之中。

当想到发生在你身上的事情时，你全然感觉自己身处大卫·林奇的电影中：《蓝丝绒》《双峰》《穆赫兰道》。一座大学城、一座公立大学、一具二十岁男孩的尸体、毒品、警察、诱人的女学生、她和几乎大自己两倍的老师之间的爱情故事：具备了一部小说或是一个精彩的剧本所需要的所有素材。

可这不是电影，这是你的生活。

最终，你跟诺拉在春天开始的时候约会了。虽然不可能，却也无法避免。

三月末，你们偶然在伯德电影院美丽的大厅里相遇，当时正放映着《合法恋人》。你激动得都不知道自己觉得这部讲述了一个发生在巴黎的爱情故事的电影演得怎么样。她是单独来的，你也是。你们一起坐她的小汽车走了。她送你回家，你没有建议她上楼。你们在你家楼下分开。

三天之后，你们一起去看了亚历杭德罗·阿梅纳瓦尔的《深海长眠》。这是有关一个二十岁出了一次车祸后、从头到脚都残疾了的男人，他试图说服自己的朋友帮他去死。当你意识到电影围绕死亡、自杀和安乐死的时候，你害怕起来。不过，电影并没有让你们不知所措，反而安抚了你们。它让对死亡的渴望变得熟悉，变得可以理解。它消除了死亡的恐怖。在放映结束之后，诺拉第一次去了你家。

你如此期待，却又极其害怕她失望，你的情感如此之强烈，以至于你担心自己的身体要跟你唱反调。它没有。看见她修长纤细好似莫迪利安尼[①]作品的身体陈列在你的床上,感觉到她的头蜷缩在你的锁骨位置,你就被注满了生机与活力。你回到了二十岁。即便你们之间远不止肉体的欢愉,你的手指也能轻巧得让她的身体如同一把竖琴或一架羽管键琴般震颤。她在你的怀里睡着了。迟钝一段时间之后,你的大脑最终接受了这一奇迹:诺拉在你家里,在你的床上,在你怀里。你从未感受过这样的快乐。你看着她熟睡,回想起普鲁斯特在《女囚》中将挚爱之人的睡眠比作皓月当空的夜晚,你们躺在沙滩,潮汐碎成浪花的声音不绝于耳。洁白胴体和红色秀发勾画的场景唤醒了你的渴望。

你们躲着其他人悄悄见面,在你家里。让你们分离的祸事同样也将你们联系在一起。没有其他人知道真相,没有人能这般体会她的痛苦,没有人能让她谈论自己,无所不谈。她的情况很糟,你充当她的精神分析师。你用尽全力,向她伸出手,将她拉向生活,也拉向你。

尽管隔着死亡,隔着葬礼,你们还是疯狂地爱着彼此。或许热爱正因如此?"'尽管'总是未知的'因为'。"《在少女花影下》里这么写道,这句话看透了一切,想到了一切,说明了一切。

她完美的身体一如她完美的脸庞,拉斐尔式比例完美的处子之身,克拉纳赫笔下的维纳斯。你爱过的所有女人当中,出

[①] 阿梅代奥·莫迪利亚尼(1884—1920),意大利表现主义画家与雕塑家,犹太人,创作以优美弧形为特色的人物肖像画。

于爱情，或是出于肉欲，这是最美的一个。连接她肢体的部分如此纤细，以至于你觉得它们会碎掉。甚至她的手肘都透出一股优雅。她背部的弧度、臀部的圆润度形成一道理想的曲线。当她在你的爱抚下闭上眼，你轻抚着她，带着触碰一只神圣的花瓶的心情。

她是温柔的、天使般的、深情的、性感的——第二天又是消沉隐退的、沉默寡言的、心不在焉的、无欲无求的、顽固不化的。她一个字也不解释地离开你。你从不知道这是由于她太年轻还是出于哀悼。她不再接电话。她的沉默持续两天、三天、四天。你不知道是否要去见她。你恐慌了。你对她的担忧让你有正当理由敲响她的门。她给你开了门。很显然，她哭过，状况不太好。她时而投进你怀里，时而要求你离开。你努力着不去责怪她。跟在爱她之前的三个女人一起，你已经见识过你的愤怒和不耐烦会产生的灾难性影响。这一次，不是你的问题。对她的悲伤产生的同情让你忘记了自己的痛苦。

四月的一个晚上，她带了一个岁数稍长的女人去了你在世界研究学院创办的法语电影俱乐部，并把她介绍给你。当你知道这是死去男孩的母亲时，你做出了一个后退的动作。她叫埃弗兰。要对一个失去儿子的母亲说什么呢？她比你大十岁，但看起来只有二十。她喜欢电影。从那之后的每个星期，她都来你的电影俱乐部。你一边准备电影的放映，一边想着她。你试图选一些好笑的或者吸引人的电影。你避免那些能看到母与子的电影。你不可能放映你跟我在纽约看过两次的《兰塔娜》，尽管你非常喜欢。你放弃放罗伯特·贝尼尼的《生活很美》。《拉比·雅克》或查理·卓别林的电影;埃弗兰的笑声在小小的放映室里回荡。放映结束之后,你们三个一起在意式或泰式餐厅吃晚饭。诺拉把你作为她的老师介绍给她。埃弗兰知道你们是朋友,其他的一无所知。她在场的时候,你们不会牵手。你对这个女人存有一种敬畏。她失去了儿子,但她活了下来。两个月之后,她重新在医院里工作,作为照顾早产儿的护士。

埃弗兰很开心每个星期二可以见到你,也庆幸你能分散诺拉的注意力。她邀请你们共进晚餐,向你们介绍她的丈夫,他并不是她儿子的爸爸——她的第一任丈夫很久之前就在一场车祸中去世了。两个最亲近的人的死亡带来的打击。你甚至难以想象她的痛苦。这个女人是一个圣人。你跟她说起你的妈妈。她的世界跟你的世界完全相反,她甚至不知道你从哪里来,但没有任何人比她更懂得倾听你。你喜欢她舒适的家,宽大的、有靠背的扶手椅,喜欢她做的奶酪通心粉和野餐烤汉堡,她家的门廊和摇椅,可以惬意地坐在上面抽小雪茄,凝视让你回想起比莉·荷莉戴的盛开的玉兰花,还有她的温柔和她的鼻音。所有周末,可以说几乎每个周末,诺拉和你都要去她家。跟你朝向学校围墙的套房相比,这里就是一片平原,绿意抚慰着你。你成了这个家里的儿子,取代了亡者的位置。

当你邀请诺拉夏天来法国的时候,她接受了。这将是她的第一次欧洲之旅。一想到可以看到真正的埃菲尔铁塔、巴黎圣母院、凡尔赛宫,看到明信片上令你莞尔的法国,她就开心得像个小女孩。埃弗兰觉得这是个很棒的计划,这个小家伙得出去交流交流想法。那天晚上当你把她的票给她的时候,她的微笑里满是重生与欢乐,以至于这份爱情看起来似乎是可能的了。六月初,你飞到巴黎,她在一个月之后跟你会合。你安排了她的住宿。在她来之前,你找人修好了漏水的龙头,换掉了浴缸上长霉的浴帘,洗掉毛巾,买了新的餐巾。你期望向她展示你的法兰西。她会认识你的朋友、妹妹和她的孩子们,再见你的爸爸,四月他带着新妻子来看你的时候,她已经见过你爸一次了。你老爹真是个好家伙。这几年你跟他亲近些了,你们的话多了起来。他忠诚而深情,即便已经七十岁了,他依旧是个帅哥。你注意到他很讨女人欢心——而这一点,就跟你一样,他很爱她们。你原谅了他离开你的妈妈。你更能理解他了。

一天早上,你定好了闹钟要去鲁瓦西机场接她。当你看见她走出行李区,脸色有些苍白,一头红色长发,爱情在你胸中膨胀开来。她看起来也很开心能再见到你。她想你了。你们久久地拥吻着。你把她带到家里。

你事先跟她说过套房很小,街区很有活力。从你家阳台看出去的景色让她印象深刻。七八个人挤在隔壁套房的两个房间里弄出的噪声没有影响到她,楼上套房里激烈的争吵也没有,有天晚上,吼叫声刺破了你的耳朵,你去敲过门了,不过你不会冒险再去了,因为那家丈夫拿着刀追着你一直追到走廊,妻子满嘴脏话地吼你,说让他们自己静静。她发现巴黎和她的梦一样。你都还没反应过来她会在这里。你们牵着手,沿着蒙马特高地平整的街道向上,你带她看花园、葡萄园、达丽达的故居、洗濯船①,你们坐在圣心大教堂前的台阶上,凝望着脚下的城市,宛若神仙眷侣彼此相拥,四周是演奏披头士的吉他手,晚上,你们沿着塞纳河畔漫步,在贝蒂荣家买一份冰激凌,重新在夜色中穿过名副其实的殉道者长街,朝着莱昂街走去。你们去玛莱区,在你爸爸家吃晚饭,去住在文森住宅区的妹妹家,去我家——在蒙马特高地山的另一边的套房里吃饭。你们在家中会客。你们一起在"康康·库拉"买东西,去非洲人开的肉铺里买肉。诺拉做饭,她很乐意扮演巴黎女人的角色,温柔的女仆。一周的朝夕相处,你开始梦想你们之后住在巴黎的生活。

她几乎已经适应了西南部的时差,你把她带到了塞巴斯蒂安家。你打破了建立了十年的惯例,请你的朋友们允许你带一个女人。你们在那里是出于哥们情谊的相聚。不管是"噻巴""波""狼"还是"熊猫",你们相聚的时候,没有一个人带过自己的妻子或者女朋友。你希望带她看这个地区镀上金色光芒的黄色岩石搭建的城堡。你想带她去看巴扎斯的罗曼式大教

---

① 洗濯船,巴黎蒙马特高地拉维尼昂 13 街一座历史建筑物的昵称,其名称的意思是洗衣船,因为这座建筑历史十分悠久,不少地方已经老化,在暴风雨来临的夜晚,看上去像洗衣妇女们的船。这个地方之所以有名是因为从 1904 年开始,有一批出色的艺术家在此生活,并将其租为自己的工作室。

堂，在费雷海岬沐浴，在同样玩爵士乐的奥派瑞酒庄主人那里品尝索泰尔纳酒①。你希望她的法国之旅是一场感官的盛筵。

她很享受各式红酒、菜肴和美景，不过不能完全听懂法语，不能跟上你们的对话。你们常常忘记帮她翻译你们的对话。笑点和话语溜得太快，而且你们的语言是加密的，你们的笑话是多年的友谊约定俗成的。诺拉不能理解哪里好笑，你们的欢乐将她排除在外。当你说"你知道'幽默作家们'的近况吗？"时，要怎么解释你的朋友们会扑哧一笑？要怎么跟她说"幽默作家们"这个复数名词指的其实是一个人，一个学哲学的朋友？他的胳膊毛茸茸的，有时候你会叫他长毛威尔弗雷德——这是九世纪曾经帮助法兰克国王秃头查理对抗诺曼底人的巴塞罗那伯爵的外号，威尔弗雷德简化成威尔弗，接着变成更容易发音的威尔冯。这个名字又让你想起两位二十世纪八十年代的幽默作家：菲利普·瓦尔和帕特里克·冯，他们凑一对就是瓦尔·冯，你明白了吗？威尔冯相当于瓦尔·冯，不就是幽默作家们啦！根本不可能给出这样的解释，即便对别人既学究又专注的"波"试着这么做也不可能，因为一提到秃头查理就会引发另一场哈哈大笑，你们四个会笑得前仰后合，可怜的诺拉只能像看一群疯子一样看着你们，嘴角挂着错愕的微笑，这更让你们发笑。

你们不再注意她。有几次，整个晚上都没有人注意到她的

---

① 法国索泰尔纳地方产的甜白葡萄酒。

存在。即使是你也没注意到，你不停地开玩笑，有些微醺，也不急着上床去睡觉，而她已经背对着你了。她变了。你一搂住她，她就生气。她不要你在朋友面前亲她，甚至夜里都把你推开。她对你说不，一个解释也不给。你越是坚持，她越是排斥，冷若冰霜。也许是你的欲望让她倒胃口。你起身，给自己倒一杯威士忌，在昏暗的房子里像一个游荡的影子，你在客厅里放音乐。一天晚上，这种痛苦强烈得让你叫醒克里斯朵夫，几个小时里问着同样的问题：她爱你吗？

你感觉你的朋友们不这么认为。托马和他的弗吉尼亚女友。她太小了。沉默，好脸红，她被这个既不理解语言也不理解密码的世界弄得局促不安。你从他们的迟疑中听出了他们是怎么想的。你们之间就是差异太大。诺拉是个孩子，被你的经历、国籍、教授的头衔所吸引，这并不能持久。你会对她生厌。要跟她在一起，你就得像她在法国所感受到的那样，孤独地待在弗吉尼亚。

你带她去克勒兹。你们在奥斯特里茨火车站坐火车，两次换乘和五个小时的旅途之后，你们到了盖雷，阿兰来接你们。韦罗妮克和她的两个宝宝的在花园里接待了你们，你称呼他们是她的小里波利-克斯。这里位于法国内地的中心，是一处典型的法兰西村庄，爬满常春藤的老石头房子，窗户朝着静谧的绿色小山谷，宽阔的花园满是苹果树和其他的水果树。这里是大地上的天堂。你才认识韦罗妮克和阿兰不久，跟他们没有跟你最好的那些朋友之间的默契，虽然韦罗妮克和你之间有自己的暗号，没有人能使用三个连续的形容词，除非你们想到康布勒梅尔侯爵夫人[1]，而且当你在雨后第一缕阳光穿过云层时说"我那气压计小老儿很开心"，她是唯一一个可以理解这个隐喻的人。至少你们之间不是男人之间的友谊。里波利家有两个小孩，有着一个家庭的作息时间。你们在家里和小宝宝们吃饭，去湖里游泳，这是一种宁静的居家生活的节奏。在你们睡觉的阁楼上，诺拉不再绷着了，那种温柔重新出现了。

克勒兹之后，乌尔加特，跟你妹妹和她的孩子们一起。法国另一个大区，一片更为新鲜的海洋。海鲜菜肴让诺拉病倒了。可能还有海风——你童年的源头之一。她脸上带着笑，但你感觉她疏远了。也许是太多旅行和游玩让她太过劳累，她从没离开过弗吉尼亚。对，肯定是精疲力竭了，就像英语里说的"压垮"，感官超负荷，到极限了。在你们回到巴黎，就在诺拉要回美国的前几天，轮到你有压力了。这三周你什么也没做，虽然你到哪儿都拖着一旅行箱的书、文章和材料。学校给你发了一笔研究经费让你写一篇有关让·米特里的文章，你还以此作为第二本书向你的朋友们做出保证，可你连第一句话都没组织出来呢。九月初，为了准备专题研讨会，你还要在科莫湖湖边办一场有关普鲁斯特的讲座。也许只是你们要分离的焦虑在作怪。你没有耐心，很容易烦躁，你把她当成白痴，因为她把茶杯放在了一本不属于你的书上，留下了一个印子，你就

---

[1]《追忆似水年华》中的人物。

吼了一声，吓到了她。诺拉在你的抚爱下依旧漫不经心。有时候你会想她是为你而来还是为了看看法国才来的。针对你的指责——好像你为她做过所有事情之后，她就该回报你点什么似的，她立即反驳，一到法国你就不一样了，你不友好，也不再注意到她。你为了给她安排最好的旅行而东奔西走，她昧良心的话让你很气愤。她怎么能把自己冷若冰霜的责任扔给你呢？她真的太小了，没良心、任性。你们竞标似地竞相恶言相向。在床上，她拒绝你摸她。她只剩下一个想法：回自己家。她跟你说她不爱你，从没爱过你。这是一场灾难。在沙发上一夜未眠之后，你陪着她去了机场。你们沉默着分别。在她回去之后的两个星期里，她没有给你发一条信息。你也没有。你搞不懂究竟发生了什么。

当你在八月中旬回到弗吉尼亚，她也没试图跟你碰面。你不给她打电话。走在学校里你不可能不远远地瞥见她颀长的身影和红色的头发。可当你心跳加速地走近了，准备好一句话时，那人却不是她。

两周后你再次飞到欧洲，参加在意大利举办的一场有关普鲁斯特的研讨会。根本不可能想象还有比这更美的场景。正值九月，天气晴好，你们每天都在科莫湖中沐浴，韦罗妮克给你录制了一段你正在朗读《索多玛与蛾摩拉》①中有关夏吕斯男爵的片段的视频，那是你最爱的人物。你们组成了一个小委员

---

① 《追忆似水年华》第四卷。

会：读了你有关拉乌·鲁兹《重现的时光》的文章之后联系你的英国籍组织者、你成功邀请到的韦罗妮克，三名艺术家和四名来自不同国家的教育界人士，其中一名是牛津大学的教授，他快写完一本有关古典作品基本概念的书，一个魅力十足、绝顶聪明的男人，你感觉他会成为你未来新的依靠。你们组成了类似俱乐部的团体，六天里朝夕相处，迸发出的思想如此丰富，你们感觉在进行一项壮举，让你们遗憾的是，直到最后一天你们也没有想到要将这些对话记录下来。星光映照下，湖边的晚餐香气诱人，历时颇久的讨论延续至此，你的想法绝不是此间最不引人注目的那些。智慧汩汩宛如美酒，你终于想起来为什么你选择了这智与识的领域，你重新找回了自己道路的方向。

回到贝拉吉奥时你已经十分笃定，得尽快离开里士满。你在那里快要窒息了。那里是美国内地，是相信伊拉克战争神圣性的美国，是相信《爱国者法案》的合法性、相信关塔那摩基地的虐待是一种美德的美国。没有诺拉，她一直音讯全无，这里就没什么能留住你了。你们没有正式分手，但你知道已经结束了。她让你太过痛苦，她岁数太小，你们之间隔着死亡，这是一份不可能的爱情。你在里士满没有朋友，除了埃弗兰。你讨厌你那位思想狭隘、善妒、小心眼、官僚的老板。你的学生很平庸，你的同事也是。这跟你在贝拉吉奥感受到的开放完全相反，跟精神生活本该拥有的模样完全相反。

十二月你就可以逃离，因为你成功拿到了第二学期的带薪年假来完成你的书。不过,明年秋天回来现在在你看来已经是一个噩梦了。一个在贝拉吉奥的美国与会者跟你说起一笔由位于北卡罗来纳州的国家人文科学中心提供的经费,她觉得你会是理想的申请人。这笔资金能让你在一年内不用教课,你可以自由地在北卡罗来纳州、纽约和巴黎之间走动。一回到里士满,你就下载了申请材料,草拟方案,给博士论文导师和一位著名的电影教授写信,请他们写推荐信,然后在十月截止日期之前,把所有东西都寄了出去。

三年前当你对让·米特里感兴趣的时候,你就知道自己掉进了怎样的金矿。多亏了这项工作,你会成为先驱,成为参照:托马·布洛,你们知道,他重新发现了米特里,解释了人们如何从梅兹的电影符号学过渡到德勒兹的思想。如今,谁能在大学夸耀自己有这样的发现?更何况你已经抓住了这个千载难逢的机会:去年在巴黎晚餐的时候,你的邻桌认识米特里的遗孀,提出要介绍你认识!你跟她见了面,迷住了她,得到了进入珍贵的私人档案的入口。所有者能决定父母著作的命运。这一次,你没有犯错,遗孀希望你是写这本书的人。

跟这五年来的每一年一样,你还是会看十月发布的招聘信息。戏剧性的一幕:纽约大学法语系在找一名电影方面的专家!这是你等了好几年的职位。

你是理想的应聘者。你的博士论文跟电影不搭边,但是你的第二本书,没错,你刚刚制定好写作计划的这一本。这一填补了电影研究历史中一段空白的专题著作,你不用费什么力气就能在法国和美国找到编辑。你已经发表了三篇关于电影的文章：有关拉乌·鲁兹、奥逊·威尔斯和让·米特里。四年来，你每年都会开设电影方面的课程。春天的时候，你在里士满的世界研究学院创建了一个电影小组，还有一个电影俱乐部。在美国肯定很少有人能像你这样胜任这份工作。最后，你还有一个身在其位的朋友，一个真正的依靠：本诺瓦。他知道你的聪慧，很看重你。他可是个大人物，非常忙，可你一给他发信息，他就会回你，而且你一去纽约，他就会花上两三个小时跟你喝上几杯。每次都是他请你，就算你已经是教授了。你很惊讶他没给你写信告诉你开放了这个职位，不过他也许认为，你应该自己关注你要的消息，也有道理。

如果你既能得到纽约大学的职位又能得到北卡罗来纳的经费，你要做什么呢？一年的自由太诱人了，没法放弃。纽约大学肯定能接受你晚一年开课，职员获得这种经费对于大学而言是一种荣耀。

一想到能回到纽约生活，你感觉自己就像是一个横穿沙漠的人看见一片绿洲，又像一个多年之后行走在故土的流亡者。这四年来，你就是被自己流亡的人。

纽约大学的这个职位还有另外一个极大的优势：布隆伯格时代，曼哈顿的租金对于大学职工而言已经难以承受，纽约大学为它的教授们提供了所谓华盛顿村的高楼，位于布里克街和第三大道之间，拉瓜迪亚广场和孖沙街之间，一边紧挨着安格利卡电影院，另一边是IFC电影院，放映一些外国电影。这些十五层楼的建筑跟郊区的廉租房相比没什么可令人羡慕的,但是它们位于格林威治村的中心,是你最喜欢的街区,那里景色非常棒。从你的窗户,你将能望见太阳染红格林威治村的屋顶或是沉进哈德逊河。你可以在半夜出门去"奎宁水""小人物"和"先锋"听爵士乐。你可以看你想看的所有电影。你可以日日夜夜任何时候在城市中行走。你会重新见到你的朋友。你会是我的邻居、本诺瓦的邻居、他的同事。

这股渴望的力量让你感到害怕。

如意算盘不要打得太响。但这一次,你真的迎来了你的机会。你想起里士满之子亚瑟·阿什,他在温布尔登接连九次败在吉米·康纳斯手下,最终在一九七五年夺冠。你呢,终于,这是你第五年投简历。世界属于那些永不言弃的人。

你用无懈可击的英语写了其中一封信,这几年下来,你已经变成这方面的专家了:

亲爱的教授先生、研究委员会成员:

我期望应聘贵系法语电影助理教授职位。2002年于哥伦比亚大学获得博士学位之后,我先后作为法语外教任教于里德学院和尤他大学,之后在2005年,作为法语系以及电影方向的助理教授任职于弗吉尼亚州立联邦大学(VCU)。

除了所受的法语教育,我还具备文学和二十世纪法国电影的坚实基础,对电影理论尤为感兴趣。除了有关法国和法语地区电影相关的基础课程，我的教学兴趣涉猎广泛，其中包括两性关系的电影表现和数字时代的电影与文化，还关注电影导演，例如让·雷诺瓦、桑贝纳·奥斯曼或者阿涅丝·瓦尔达。

我的第一本书《普鲁斯特与古典作品的消弭：文学中的美学与政治学》基于我的博士论文成书。论文考察了普鲁斯特对十九世纪文本进行阅读的美学和政治学意义，并与十九世纪、二十世纪之交时法国民族主义对古典文本所做的意识形态探究进行对比。手稿将受益于本人2007年春获得的带薪休假研究，于此地在明年夏天完成。

同时，我还在进行第二本书的写作计划……

你的信很长。用单倍行距排了整整两页，详尽地讲述了你在完成有关普鲁斯特的手稿之后有关让·米特里的成书计划、开过的电影方面的课程，以及你的行政职务。

这是一封你字斟句酌地写下的完美的求职信，收信人是法语系的系主任，不仅是同僚，同时也是你的朋友本诺瓦的私交好友。

直到十二月二十二日，你也没有收到纽约大学确定美国现代语言协会大会面试时间的电话，你肯定这中间出了差错。你拨通系里的号码，秘书亲切地保证会帮你传话。当你第二次打过去的时候，她更加含糊其辞了。你要求跟系主任说话，她尴尬地回复说她人不在办公室。你给本诺瓦写信。通讯静默①。

去年，仅仅是看到你的材料，连职位描述完全不符合你的专业的情况下，你就拿下了卫斯理安大学的面试。当一个职位跟你的研究领域相关，同时你还具备学位、经验、资质认可以及未来要出的书等种种条件，他们怎么能不把你看作一个严肃的应聘纽约大学的人呢？一个面试而已，又不是直接提供职位了！

一点都说不通。

四年来你已经习惯了被拒绝，但这一次是一种新的侮辱。被一个朋友抛弃，这是一种背叛、一种针对你的私人打击。

要求交代也没用。你是跟本诺瓦喝过几个小时的酒，放声笑过，跟他讨论过文学、理论和女人。他什么也不欠你。没人欠你什么。

---

① 军事术语，指军事行动时只接受信息，不发送信息，这里暗指本诺瓦没有回信。

/ V

我们心中冰封的大海

十二月中旬抵达,直到明年八月中旬,你都在巴黎。连续八个月,这是十五年来你第一次在法国度过这么长的时间。在你自己家,在你的套房里。你一直在期盼这次带薪休假,能在里士满的第二个学期就拿下算是幸运。系主任肯定很努力地阻挠把这次休假给你做福利,但是人文学科中最年长的那位支持了你,他亲切而慈爱,你在跟他讨论他爱好的美式足球时征服了他,你跟他一边喝着啤酒,一边看过超级碗[①]。他多少能理解,在花了这么多年找工作之后,四年里在三所大学教课,搬过三座位于美国两端的城市,你需要这段宝贵的时间,需要调节一下,需要停一停。明年就是第三年的评估时间。虽然只是个形式,但是最好还是要完成手稿。

没有课要教,没有学生,没有作业要改。你要专注于写这

[①] 国家美式足球联盟(也称为国家橄榄球联盟,NFL)的年度冠军赛。

本书，这是你能重新取得对生活的控制权的跳板。你为了少花点钱，用船运从弗吉尼亚运了好几箱要用的书。十年来满是注释的普鲁斯特的作品，莫拉斯、莱昂·都德以及其他作家的著作，博士论文导师的书籍，还有无数已经读过、书页折了角的批评论文。一月，这些寄到了你手里。你把你的办公桌搬到了朝着落地窗的地方。你把博士论文放在桌子上，里面画着着重线，潦草地写了一些笔记的地方贴满了荧光黄的便利贴。万事俱备，就等你着手开始了。

二月的一个早晨，你打开邮箱，在发件人名单中，你看见了北卡罗来纳州国家人文科学中心主任的名字。你焦躁地点了进去。

第一个跳进眼帘的词："很抱歉①。"

他很抱歉②地通知你说，在众多优秀的申请人中，你的申请没有被选上，尽管你的项目挺有意思。

没有解释。

你咽了咽口水，重新读了一遍这封三行字的电子邮件，它给你远离里十满梦魇、自由过一年的希望画上了句号。这个美国内地的国家人文科学中心不要你，不要你论证了客观重要性的天才的想法？是不是你渴望的力量宣判你错失了这个机会？

你要向他们表明，不管有没有经费，你都会做到——出版你的论文，写成关于米特里的书。

---

①② 原文为英语。

唯一的问题是，你从未感觉这么疲惫。

你甚至没法下床。你的身体疼得好像被卡车轮子碾过，你极为费力地移动你的四肢。你睡觉，几个小时几个小时地睡，你早上没法起来，就算设了闹钟，依然完全被这几个小时接着几个小时的深度睡眠弄得昏头昏脑。你白天躺着抽烟、喝酒、做梦，什么也不做，就像假装什么也不在行却已经出版了三本书的尼古拉所说的"无法书写"的状态。你甚至不去看巴黎的天空和玻璃窗外巨大的圆屋顶。你已经拉上了窗帘。拉杆摇摇晃晃的，快要掉下来，跟浴室里长霉的方砖一样，其中一块甚至已经从墙上剥离下来。窗户上的油漆起了皮，它们不防水，你的合租客一针见血地抱怨：巴黎冬天的冷空气和潮湿从缝隙里钻了进来。应该换掉它们。应该修好所有屋子里所有坏掉的东西，这些在你买下套房的时候就坏了的东西，给管道工、细木工和漆工打电话。你也无计可施。今年冬天你实在没钱，信用卡上还有一堆夏天消费的债，穷到你要重新抵押的地步。羽绒被下面很暖和。枕头旁边放着关键物品——你的 iPod。床脚是酒瓶。当你拿下耳机，你听到玻璃后面的雨唱着悲伤的歌。这是一个跟你心情一致的冬天。

你不联系你的朋友，谁也不想见。你不接电话，除非看到手机上显示你妹妹或者爸爸的号码，他们已经发了好几条信息，你觉得不接电话会让他们更担心。中午的时候，他们对你深沉的嗓音感到有些惊讶。"我吵醒你了吗？——一点也没有。我在工作呢。——啊，抱歉。我没想要打扰你。"当人们工作的时候，关在家里、隐居，过着隐士般的生活就很正常了。你这种精力这么分散的人，终于知道着急也是件好事。一段时间之后，这个借口渐渐脱去"借口"的外衣，变成既定事实：托马在工作。

看不见人也没有消息，你像是从雷达下消失了。塞巴斯蒂安一直住在纽约；马修在意大利做一些烹饪类报道；克里斯朵夫也在那里，不过在高中和小孩子一起，他没有察觉到自从你们上次见面已经过去两个月了。你继续骗着爸爸和妹妹，不时得跟需要你的亲爱的侄子和侄女在他家或者她家吃饭。你洗澡、刮胡子、穿衣服，每个动作都很累人，你需要提前向你的大脑发送命令。为了避免聊天，你向他们提问，或者把对话引到你可以取笑的赛格莱或者萨科齐身上，引到五月的大选。整整两个小时，你都在假装。你在上高中的时候就很擅长睁眼睡觉，将你心不在焉的神情、不集中的注意力成功地假装成全神贯注。当你感觉实在太糟糕的时候，在最后一秒你会编出发高烧重感冒的借口：没什么大不了的，但是，因为这种湿冷，你最好还是待在床上，而且也不能冒险把流感传给孩子们。你的妹妹也不坚持，即便你感觉她并没有上当。

你一个字也不写，对此你无能为力。你什么也不做，完完全全地一点也不做。博士论文的手稿转移到了床上。有时候你会读那么一句——一句学术行话。你如此喜爱的普鲁斯特去了哪里？就连他都显得晦涩。你打开《重现的时光》，这是你最喜欢的一卷："也许，只有当记忆太过切近时，学术声望也好，社会声望也罢，这些统统转瞬即逝时，这虚假的一面，这虚光才会存在于记忆之中（因为即便博学试图之后对抗这种消逝，它能成功地消除这种不断堆叠的遗忘的千分之一吗?）。"今天谁还有这样的耐心读这些题外话，精致得就像放满涂漆的小盒子、雕镂的银框子和陶瓷的小摆件的贵妇客厅？那为什么对普鲁斯特感兴趣呢？你的博士论文把他和反犹主义、民族主义的朋友莫拉斯和巴莱斯区分开来有什么用，你对此不再那么确定。当他反对粗俗、反对布洛克犹太人的鼻子的时候，在他对圣·卢的法式优雅的迷恋里难道没有什么倒人胃口的东西吗？他怎么能发出高得不能再高的声音让偶像跌下神坛呢？

你曾感觉那么亲近普鲁斯特——亲近作品中的人物，同样也亲近作品本身。如果说《追忆似水年华》中有几页着墨于描写晚餐，那是因为普鲁斯特在上面花过时间。你们彼此相像，你们到处受到邀请是因为没有比你们更智慧、更博学、更专注、更独特、更有趣的宾客，跟你们在一起永远不会觉得无聊。你们都了解疾病，对普鲁斯特而言是哮喘、呼吸困难、焦虑，对你而言是髋部坏死和抑郁，正是疾病创造出你们跟妈妈之间的关系，妈妈也许只是表象，是从未得到填补的缺失和对他人无尽需要的表象。不仅如此，你甚至连妈妈也有相似的地方。诚然，让娜·维尔来自大资产阶级家庭，与她相比，你的母亲在社会阶层的另一端，是门房的女儿，但是，同样作为犹太女性，身处信仰天主教、反德福雷斯对"犹太人"抱有怀疑的法国，她应该跟你的母亲一样，感觉到自身的不同，渴望完美地融入——通过她的儿子，教育的花朵，有着良好的教养和法国人思想的儿子，她梦想这个儿子成为伟大的作家，就跟你的母亲一样。普鲁斯特跟你都有艺术家的极度敏感，热衷所有艺术、文学、音乐、绘画，同样拖延，不知要拖延到什么时候才开始工作，在爱情里患得患失，嫉妒心太强，渴望占有，还有盘踞在想象中的鬼怪，也让你们一刻不得安歇。如果说普鲁斯特是类比之王——关乎意识，那么，你就是叠韵之王——关乎声音。

但你们在一个方面却是云泥之别：钱。杜纳①，如他所言。普鲁斯特有足够的钱，可以送自己喜欢的司机一架飞机，可以在自己的房间度过一生而不用操心挣钱的门路，神对他的眷顾无微不至。物质上他是自由的，而你却不得不写这本有关他的愚蠢的书，就为了糊口。

你带薪年假的前几个月就这么过去了，直到这一刻你才从浑浑噩噩中清醒过来。也许是在你妹妹来看望过你之后，某个周六，五点，孩子们在他们的爸爸家，她来了。你当时正在睡觉，脸也没刮，看起来像只熊。冷掉的烟灰散发出的呛人味道令人窒息。只看了一眼她就知道了情况。她知道。孩子们的爸爸就是抑郁症患者，她已经离开了他。她通风、打扫，让你吃东西，强迫你洗个澡。她恳求你去看医生。

你好点了，毫无理由。你的精神跟春天一道回来了。早上

---

① 行话，指旧时五法郎。

醒来的时候，白天在你看来已不再是无法穿越的沙漠。你开始出门，开始散步，开始给朋友打电话，跟他们吃饭，看望从意大利回来的克里斯朵夫和马修。

因为你好点了，也就找到了给北卡罗来纳州国家人文科学中心写邮件的力量，寻求一个解释。这个解释随着奉承而友好的邮件回复来到你身边。负责人给你发了一份文件，上面附有关于你的项目的三份报告的梗概。这些报告都很正面，提到"对电影理论的重大贡献"。你没得到资金，只是因为缺少已发表的专题著作，这使得你的申请相较于其他年轻学者的申请不够有竞争力。负责人鼓励你明年再申请，并提醒你推荐信两年之内有效。

这一解释合理地说明了你的失败，改变了你对这件事的认识。这之中既没有令人可耻的地方也没有让人丢脸的地方，人们认可了这个项目的价值。但依旧有那个挡在你路中间的绕不开的障碍：博士论文答辩四年之后都没有出版成书。我帮你问过本诺瓦，而你从我这里知道，正是出于这个原因你才没有拿到纽约大学今年秋天的面试。你夸大了你的简历，所谓的"书在进展中""期刊编辑中"①的文章、书、期刊杂志，仔细看就知道，除了四五篇文章，你什么都没发表，甚至都还没有提交给出版社。你不过运用了修辞——表象而已。越是掩盖，背后就越是什么都没有，就像在战乱中的国家，建筑的外观依旧

---

① 原文为英语。

挺立，然而一颗炸弹就会将它炸成废墟。要么发表[①]，要么灭亡[②]：这是美国大学的金科玉律。别无选择。你必须把博士论文变成书，并且发表，就算它属于你的过去。只是一想到要再回过头看它你就想吐。你刚刚失去五个月的时间。你要动手了。

你从听从妹妹和朋友们的建议开始，他们都对你说了同一件事："去看心理医生。"可以说这是一群妈妈的密谋。韦罗妮克认为有些心结是没法一个人单独解开的：如果今天抚养两个孩子都没有牺牲她的创作渴望，那是因为有精神分析疗法。苏菲相信精神分析疗法给了她破釜沉舟的力量，创立了自己的品牌。你知道这两年来我一直在看精神疗法专家，因为我对自己跟女儿说话时的暴力感到害怕，在跟自己的斗争中，我找到了一个同盟：你觉得我做得很好。至于你妹妹，她正准备改行，学习心理学。你没有很多同性朋友去看心理学家或者精神分析学家，不过众所周知，女人比男人更善于提出问题。

你，一个口若悬河的人，从来都没想过要给某人付费来听你讲述自己。这个想法让你犹豫不前。怎么才能找到一个不会让你半个小时内就打道回府的治疗师呢？智慧和嘲讽既无法契合心理学的榆木舌头，也跟那些分门别类、各种标签、五花八门的解释和对话合不来。你一直坚信自己可以一个人走出来，坚信你足够清醒得可以进行自我治疗。

你破天荒地承认自己忽略了某种类似怪圈的东西，这不单

----

①② 原文为英语。

单是别人的错，不只是出于在你生命中出现的不同女人身上有自我、恶毒、疯狂、年轻或者脆弱的事实。所有情况都导致了相同的结果：分手、失败。为什么呢？

这就像，随着时间，这种反复创造出一条让你在其中越陷越深的犁沟。一月你就三十八岁了，努力走出来还不算太迟。

你从精神分析师朋友那里问到几个同事的名字，约了时间见面。第一个不适合你。第二个你挺喜欢。为了问心无愧，你又见了第三个，然后回到第二个那里。

从你们第一次会见开始，你就感觉对这个身材娇小的六十多岁的老太太有一种出于本能的信任，她灰色的头发剪成方形，扁扁的下巴，生动的眼睛，就跟尼古拉一样。巧得很，她也叫卡特琳：一家人啊。在智力上，你觉得她比较有限。她说到理论的时候，很快就让你觉得无聊。但是她具有另一种智慧。她不会任你摆布，她毫不犹豫地反驳你、粗暴地对待你。你做什么也没用，她并不对你的诱惑屈服。正是这一点让你觉得有意思：她一只手牢牢地将你按在原地，很粗暴。

"怎么回事，怎么每次见面都迟到？汗津津的，您是跑来的。您不能准时出发吗？四点，就是四点。不是四点十分。"

你狼狈地为自己解释。离开那里之后，一个人坐在地铁上或是走在巴黎的大街上，想起她的声音、她皱眉的样子、她的责骂，你就发笑。她上了年纪，也不漂亮，但她对你说话的声音以及她对你以"您"相称有些挑逗意味。这就是所谓的移情吧。

一天，你给她递去你让巴黎自治运输公司（RATP）的工作人员签了字的文件，为了证明这次迟到真是是因为技术事故，她摇了摇头说：

"托马，我们不是在上小学。"

她让你叙述你的童年。你发现自己没有六岁之前的记忆——在去将治愈你的伊夫林治疗中心进行诊断、开始集体生活之前的记忆。你跟她讲述了一次幻觉般的记忆，年幼的你爱过一个小女孩，后来她在车祸中丧生了，你不知道这件事是否真的发生过。你知道活下来的你一直在内心深处哀悼，这种心情在六岁之后便再也没有了。

某一次会见之后，你又回想起自己身体被切成两半的画面，肚子以下的部分一动也不能动，巨大厚重的石膏让两条大腿分得很开，你被迫躺着，看起来像是半人马。一整个星期你都在期待周六。你的父亲放下你母亲从图书馆为你借来的一堆画报和书，带着你三岁的妹妹离开，她要待的地方不应该是医院。你的母亲睡在你旁边的会客床上。你们花上两天有一搭没一搭地说笑。她跟你讲这个星期办公室发生的事情。你注意到她的围巾、新裙子和鞋子、香水和发型。你们一起给周围的人起外号："美人"是有一头栗色头发和甜美笑容的漂亮的女护士，"打扫（the sweep）"是你妈妈那位蠢得像把扫帚的女同事（她向你解释道，sweep 在英语里是扫地的意思）；"驼子"是你们楼驼背的门卫；你妈妈觉得一点也不讨喜的那位医生外号"加西"，也就是加西莫多，她最喜欢的小说（继《三个火枪手》之后她高声为你朗读过）中的一个人物；名叫拉吕的和善又糊涂的体疗师是"呆瓜"。

人们为你取掉石膏，你的腿又白又细，像两条长棍面包，没有一点肌肉，你得像一个婴儿一样重新学习走路，拄着两根手杖，走在诺曼底广袤的沙滩上，这里靠近今年夏天你爸爸买来供你病后康复的小套房，它后来成了你们度假的地方，你的爸爸经常不在你们当中，他在巴黎工作或者在其他地方旅行。回到家之后，你印象最深刻的是你父母之间的场景和你妈妈的呼号，或者是她半夜钻进你的被窝、近乎窒息地搂着你时，从唇边蹦出的仇恨的字眼："他还在跟那个婊子厮混！"

你曾经是个卧病在床、不得动弹、体弱多病的孩子。你躺在医院的那一年将你跟妈妈联结在一起，也让她跟爸爸分开，这一年在你的一生中起到了至关重要的作用。这一年让你成为炸掉你父母的夫妻关系的手榴弹。

你的心理治疗师在会见后说的几句话留在了你心里，你把它们记在了自己的仿皮笔记本里。

"您终其一生都在逃避死亡。"

"您需要直面痛苦，将其转化为创造力。"

"您是'或'的囚徒，您需要活在'也'之中，既是有活力的、强有力的，也是脆弱的。"

你明白：没错，脆弱是强大的一部分，是对创造力的迟疑。普鲁斯特也相信自己毫无天分，完全不是个诗人，非常平庸，让自己的母亲失望。为了完成自己的作品，他别无他法，只能呕心沥血。

"您是否注意到您分手时的暴力呢？归根结底您否定了另一方。"

"您什么都想选。您应该明白失去也意味着一种有利的选择。"

于是你引用卡夫卡那句著名的话："文学是打破我们心中冰封大海的巨斧。"她制止了你："托马，不要用文学警句掩盖你自己的话。"

她读懂了你。

也是她，在认识你一个月之后，把你送去咨询一名精神病医生。

这位精神病医生显得比较容易被操纵。他给你一些关于精神分析的文章，治疗在智性的讨论中度过——你的精神分析师拒绝这种讨论，因为她很快就注意到了你隐藏在其他人说的话背后的趋势。

见了好几次面后，他问了一些有关你这几十年来的生活的问题，做了一些笔记，记下你很难在记忆里重现的几个具体日期，这位精神病医生做出了诊断：狂躁抑郁型精神病——就是现在所谓的双相障碍。

你了解到这是一种真正的疾病，一种精神上而非心理上的疾病。你这几年遭受的是一种化学性不平衡。精神病医生将这种病痛跟糖尿病相提并论。对糖尿病患者而言，我们知道血液中缺乏的是什么以及需要补充什么。对于双相障碍患者而言，我们还不知道大脑中缺乏了什么，只知道缺了什么物质，也知道能够作为补充的东西。通常需要一种触发因素，潜在的疾病才会发作。你的情况中并不缺这种因素：爱情里的分手；八年前你母亲的死亡重新激活你六岁那年在医院度过一年时间的遗弃性创伤。

这种病还不能说是基因上的病，因为还没有找到相关基因，不过已经知道这是遗传性的。精神病医生问了你父系和母系两边家庭所有成员的情况。他的问题揭示性地映照在了你的母亲身上，她疯狂的喜悦，丰富的感情，歇斯底里，让你们害怕的狂怒，尖叫，情绪化，使得她难以相处，也导致了你的父亲离开她。

这种病可以治疗。精神病医生给你开了一些锂和抗抑郁的药。锂的摄入量要一点点地增加到治疗的量，不能产生毒性。太多的锂可能是危险的，尤其是对肾脏。每周要验血，一步步来。可能还会有一些副作用其中包括体重增加、双手颤抖、性欲减退。一旦找到合适的用药量，这种治疗方式就可以确保你在医学监督下正常生活。治疗期间不得饮酒。

你去哈勒斯的费纳克买了一些有关这种病的书籍，自此这病就成了贴在你身上的标签。一页一页地读下去，你挑起眉，很是惊讶。你读到了对你的症状的描述。极高的高亢和极低的失落交替，持续几周或数月。长时间抑郁到迟钝，无法下床，四肢动弹不得，或者不能做出最小的决定，为了存活转向酒精和毒品；情感丰富、热情、失眠、滔滔不绝、纵欲、爱好杂乱、过度消费、理财无能、不切实际,这些也是临床上称为"轻度狂躁症"或"狂躁症"程度减轻时的特征,抑郁越严重,就越狂躁,因为狂躁症在一些精神病医生看来是对抗抑郁时痛苦的绝望的堡垒。你读到双相障碍患者需要平静规律的生活节奏、熟悉的环境、适度刺激,也应该避免会加重睡眠问题的时差。如果病症早期没有发现,一般会在三十至四十岁之间发作。每一句话都符合你的情况。你发现自己并不是特殊的存在,而是一个案例,甚至是一种案例。

这是凡·高、狄更斯、海明威、罗伯特·舒曼、"沙滩男孩"乐队的布莱恩·威尔逊、"平克·弗洛伊德"乐队的西德·巴勒特、科特·柯本、杰克逊·波洛克、爱德华·蒙克、弗吉尼亚·伍尔芙、西尔维娅·普拉斯得的病。还有妮娜·西蒙。

为什么这么多音乐家是双相障碍患者?音乐曾是他们活下去的尝试吗?它并没能阻止自杀。

自杀率是百分之二十五。

多亏了这次新的启发,对于一些一直无法解释的现象,你恍然大悟,比如二十岁的时候,你跟朋友们在意大利旅行时的坏情绪:第一回抑郁。第二次是四年后,你跟艾丽萨约会那会儿。周期交替解释了这几年将你在里德和里士满击垮的抑郁力量,同样还有由失眠引起的情绪狂躁,让你失去了很多人。是病,不是你自己,毁了你的事业。这一发现是一种安慰。但你是谁,你,被跟自己生活中的事情毫无联系的情绪左右,就像无舵之舟随波漂流？你在一名精神分析学家的书中读到，甚至文字游戏和叠词的爱好都有可能是双相障碍的大脑在多动症的层面的一种标志，在这病痛背后，你还剩下什么？

你每周见两次精神分析师，见一次精神病医生，后者在逐渐提高锂的使用量。目前你没有感觉到任何副作用。你痊愈了。你终于要迈上走出失败怪圈的通途了，在走上坡路了。因为抑郁，带薪年假期间你完全没有工作。博士论文尚未成书的重担压在了你身上。你无法重新回到夏天刚开始的时候，虽然你已经开始好转，但你还被其他事情缠着。你并不是什么也没做。你跟一位女性朋友一起出版了一本有关大卫·林奇的杂志，他是你最喜欢的电影导演之一，还翻译了一篇达德利·安德鲁的文章：你的名字会出现在那里，出现在书页上，成为证明。你现在觉得能抓住关键了。三个月内，在里士满，秋天的时候，你要写书。这不是不可能，但要保证上三节课。你在那里挺孤单的。除了埃弗兰——死去男孩的妈妈，你没有朋友。你再也没见过诺拉。你有大把的时间。

跟诺拉的关系已经结束了，你也接受了这段关系的不可能，不管是因为年龄差异还是在你们故事开头留下烙印的那出悲剧。四月在巴黎，你从冬眠中走出来，在韦罗妮克和阿兰家，跟他们还有一个亲近的朋友一起吃饭。西尔维高高瘦瘦，一头栗色长发，姣好的脸庞，屁股有点平，不过正合你胃口，腿很长。她很性感。你挺讨她欢心。她比你大十岁，然而穿着紧身牛仔裤、修身T恤和高跟凉鞋,她看不出有多大。她离过婚,是一个十几岁孩子的妈妈、一名电影编剧,也是一位著名导演的女儿。你们一下子就相处得很融洽。你们的性趣味一致。你有双相障碍也没让她害怕,虽然她很脆弱。她经历过很严重的抑郁,她知道这种病。跟她在一起,你感觉如获新生。

七月初,你要去马赛国际纪录片电影节,为塞巴斯蒂安的杂志做报道。这六天从早到晚你都在享受电影盛宴,时而置身于越南、葡萄牙、菲律宾、智利,时而置身于加拿大北部或是一间位于法国的房间里。你撰写文章并及时发送,晚上大吃大喝。你很久都没觉得这么精力充沛了。西尔维加入了你,你们一起去发现地中海小海湾的壮丽美景。剩下的夏日,你的出行从没超过连续四天,以便定时去巴黎见精神分析师。你已经不再去西南边逛了,那里的屋子卖掉了,也许这样更好,要不然你不知道要拿什么钱光临餐馆和葡萄酒酒庄。你跟西尔维一起去你们共同的好友家中,他们住在克勒兹,开向法国中部的火车花不了什么钱。你们四天四夜都在做爱,阿兰看了你一眼,跟你说你们的叫声在隔音不好的房子里回响,他们的孩子一大早就忧心忡忡,得拦住他们上阁楼去救你们。你哈哈大笑,毫不羞耻。这笑声,是生命的笑声。疾病、死亡不会给你这样的笑声。

你来布列塔尼看我,四日游正在变成一种惯例,当我们在沿海小径上散步时,你对我说你找到了一名精神治疗专家,咨询了精神病医生,在接受治疗,你有"双相障碍"。这个词我很熟悉，提到跟我父亲有关的事情时，我就经常听到这个词，他吃了好几年的锂。我印象里这不是什么严重的病。我的父亲易怒、抑郁，不好相处，他会病理性地发怒，但这不妨碍他活下去，他有一份事业、一个妻子、四个孩子以及社交生活。无论如何，你跟他没有半点共通的地方，他没有你那么情感丰富，没有你那么欢快。不管有没有生病，有你在，一切都更有生机，立竿见影。我很开心你在接受治疗，在掌控自己的生活。你担心九月开始就看不到你的治疗师了，她不赞成通过电话继续治疗的想法。虽然如果你需要她，她就在那儿，有紧急情况你都能联系上她。可是，她已经在准备你们的"分手"了。

八月中旬是大学开学的时间，你得回到弗吉尼亚，从去年十二月开始，你就没踏足过那里了。不过，到那边两个星期，你就会回到欧洲。去马赛为塞巴斯蒂安的杂志报道威尼斯电影节在你看来是个天才般的主意。你准备一石四鸟：去你无比喜欢的"总督之城"，私人委派免费看电影——塞巴斯蒂安能毫不费力地帮你搞定，丰富作为大学老师的简历，还能带你的新女友在一座迷人的城市度过爱情的一周。

你期望着得到西尔维的赞叹。在网上搜索了一圈之后，你找到了一处对于威尼斯、对于这个时期而言价格美好得令人难以置信的豪华宾馆，只比两星旅馆高一点点。难以置信。宾馆不在威尼斯城里，而是在朱卡代岛上，一条宽阔的运河将它跟市中心隔开。水上巴士、宾馆的船或者水上出租车，能让你们在白天黑夜的任何时间渡河。这样可以幸运地躲过大量游客，避开拥挤的小道和圣马可广场、电影节的电影院和人满为患的饭店，可以逃到你们的岛上，逃进你们的房间，里面放着一张等待着你们在游泳池泡过之后嬉戏打闹的大床。你很高兴能以最少的费用为你的朋友提供这种奢华。你已经看到你们坐在驶向圣马可的水上出租车里，互相搂着，她的长发被风吹乱。虽然有点俗套，不过你丝毫不反对这种陈词滥调，也不反对这种想法，作为大学教师，你完全可以享受电影明星的乐趣，并以此作为礼物送给令你意乱情迷的恋人。

你有一周上不了课。你没法让系主任同意这件事，这个蠢货总是准时出现在那儿，他从没缺过一节课，从没去威尼斯参加过任何电影节，觉得你在混淆工作和玩乐，觉得学校放你带薪休息一个学期之后，你最起码的礼貌就是坚守岗位。幸运的是，人文科学的院长在这件事上支持你。这是一个智慧的男人，他明白弗吉尼亚州立联邦大学的教师出席威尼斯电影节对学校而言是一种荣耀。九月初，靠着展望即将到来的旅行，你重新开始工作，过完累人的两周后，虽然时差让你睡不着，你还是飞到巴黎，去接你的朋友。

/ VI

哦死亡！启航吧！

在两趟航班之间，你一阵风似的停留的巴黎套房里，有一份不好的惊喜在等着你：发霉开裂的墙眼看就要塌了，浴缸里满是墙上剥落的碎方砖。现在你什么也做不了，你得跟西尔维去奥利。从威尼斯回来之后，你得处理好所有的突发状况，得在十天后美国租客回来之前把问题解决。你开出来的租金跟这个街区相比高出许多，只有一个美国妞才会愿意付这笔钱，同样地，没有人会比一个美国妞更注意浴室。

显然，物质上的担忧，没什么钱的时候冒出来的额外开支，再加上时差和不得不从两个方向穿越大西洋的疲惫，在你飞往尊贵的共和国时沉重地压在了你的身上。在宾馆的船上你就感觉不大好了，带你们到朱代卡岛这段行程还要花五十欧元，你以为接机的费用已经包了。

九月开头这几天，阳光明媚。贡多拉在波光粼粼的水面上滑行，穿着条纹水手服、戴着黑色小圆帽的贡多拉船夫斜着桨，用力地摇橹，其中一个在对着一群优雅的中国人唱着歌剧中的曲子，他们似乎很享受这一福利，虽然太阳在拼命地烤着他们没有大盖帽的头顶。而西尔维靠着船舷，暴露在夏末的太阳下，半张脸被一副大太阳眼镜挡住，你有一种错觉，仿佛又看到了你妈妈，八九年前待在威尼斯，你们最后一次一起旅行。你听到她的笑声，看见她的胳膊、皮肤，就好像她就站在你旁边。你回想起一九九九年七月这一天，乌尔加特公墓，你的拐杖，你听到你的朗诵声回响在敞开的坟墓面前："哦！死亡，老船长，时间到了！拔锚吧！／这令人乏味的国度，哦死亡！起航吧！"

宾馆刷了清漆的木制出租船很是优雅，船开到朱卡代岛码头停了下来，船员帮你们下了船，戴着红色镶金边的无檐高桶帽的酒店侍者接过你们的行李箱，你们跟着他穿过香气馥郁、小灌木丛生的花园。跟你的期待相反，豪华宾馆并不直接在运河边上，有一定的距离，隐秘地藏在开着花的园子里。没有丝毫出奇的地方。大厅就是以前的僧侣食堂，里面放着笨重的皮椅子，日光只能通过狭窄的开口透进来，所幸墙体厚实，还算凉爽。你们被带到自己的房间。房间很宽敞，但很暗，除了朝着花园的长廊，看不到别的什么。你坐在宽大的床上，辨认出那种让你动弹不得的感觉。

沉重从好几天前就盯上你了。你已经尽了所有可能的努力来躲避它，假装对威尼斯的海市蜃楼迫不及待，你在巴黎接到你的女友之后就不停地对她重复你不仅是一个热烈的爱人，还是一个慷慨的男孩,你带她去那里她实在太幸运了。然而宾馆并没能达到你期待的高度。远离城市,远离人烟,寂静得让你透不过气来。如果你现在是任何一种其他心情,毫无疑问你会喜欢这种隐秘的魅力。可是这种阴森的隔离恰恰跟你的灵魂边缘贴合。连游泳池都没有。这种新贵的享乐并没有被设想到要满足选择这种偏远的豪华宾馆的唯美主义者的渴求。

你坐在床上,弓着背,不想再站起身,不想再看任何电影,也不想在小巷里或者码头散步,也不想做爱。你的欲望被精神科医生开给你在情绪低落时跟锂一起服用的抗抑郁药物消灭殆尽——或许就是被抑郁歼灭的,因为抗抑郁药物似乎没什么作用。第二天你们去贾尔迪尼看了艺术双年展。你费了巨大的努力才从一个展厅挪到另一个展厅,什么都抓不住你的注意力,苏菲·卡尔[①]的展览"照顾自己"也无济于事,你之前还非常想看,西尔维兴致勃勃地探索着,你却在花园里抽小雪茄。吃晚饭的时候,你要了一瓶红酒,接着要了第二瓶,尽管西尔维皱起眉头,柔声问你这样是否真的合适。第二天早上你没力气起床。她要一个人去溜达。当她下午回来的时候,发现你在床上呆呆的,不能回答她的问题。床脚横着两只酒瓶。她害怕起来。她决定改签你们的回程票,联系你妹妹。你们比预期早了两天回到巴黎。你要去见你的精神病医生。三天之后你根本不可能坐飞机回美国,生理上办不到。

[①] 苏菲·卡尔(1953—),法国造型艺术家、摄影师、作家、导演,作品多涉及普通人亲密生活中的主题,曾发起法国"乌力波"文学运动。

你知道大家在等你。在你动身去威尼斯两个星期前学校就已经开课了，你还有三门课：一门语言、一门文学、一门电影。医生的意思是要你暂停工作。你给系主任发了一封邮件，提前告知你生病了，还加上了附件，没有翻译，文件是法语写的。你将他置于既成事实面前：你要在三周之后才回去。

第一周，你得赶紧修修你住的房子，打扫打扫。屋子里堆了上百本书，八月你没来得及处理，你得把它们打包，送到邮局去。就像去年春天一样，你待在床上，蛰伏在家。你没日没夜地睡觉，你在睡眠跟红酒里头昏脑涨。你不接电话。肯定是西尔维打来的。有天下午，铃声不一样了，是内线电话。一次，两次，五次，十次。你一动不动。接着套房大门口有人坚持不懈地敲门。西尔维肯定趁别人进门的时候进了大楼。她看着不像要放弃。你嘟嘟囔囔地起身，挪到门口，给她开了门。你在门口看到了你妹妹、西尔维和韦罗妮克，她们抬着头看着你，一脸惊讶。

"你在啊？"

你让她们感到非常害怕。解释是多余的，你懂。你也是，你看到她们很开心，三个亲爱的女人。你在你的洞里接待她们。你把她们叫作"我的三位仙女"。你跟她们说："我爱你们。"她们笑了。如此多的爱充满了你那颗欢乐的心。

租客就要到了。最后你给水管工人打了电话，他解决了漏水问题，告诉你如果墙面不干燥，他也无能为力。很好，这笔钱之后再给，而且你有了合理的理由来解释浴室暂时性的破损。你把书放进纸箱子，用透明胶带和绳子马马虎虎地打包好。三十二箱，又大又重，你一箱一箱地搬进电梯，接着搬进西尔维的汽车里，再从车里搬进邮局。邮局职员称了称这些箱子，报出一笔让你震惊的运输费，拿这笔钱你都可以买下一个图书馆了。你不能把这些包裹拿回家，明天合租客就来了，西尔维家里也没地方。站在邮局大厅中央，三十二个纸箱子码在脚边，其中有些已经破了，你有种溺死的感觉。"能找到解决办法的。"西尔维温柔地对你说。她打了几通电话。其中一个朋友有一个地窖，你们可以把这些运过去。

你搬家了，并不是搬到西尔维家，她家那两个青少年几乎没见过你，而是搬到万塞纳你妹妹家。你睡在沙发上，沙发一打开，小客厅就满了。你每天将近中午才醒。你的侄子和侄女在学校；你的妹妹在办公室待到晚上七点；西尔维也上班，你所有的朋友都这样。你是唯一一个无所事事的。你没力气，也不想出门。你开一瓶红酒，喝起来。一天下午，你打开厨房里的煤气烤炉。只要吞下一盒抗抑郁的药，再来点安眠药，再把脑袋伸进烤炉。为了万无一失，你还可以在头上套一个塑料袋。最后一刻，你考虑到八岁的侄女和五岁的侄子从学校回来发现你时可能会有的想法。应该等到你在自己家的时候。

医生加大了锂和抗抑郁药物的量，终于，笼罩的乌云散去，多亏了药物，也可能是因为抑郁周期结束了。你重新走出家门。一天，当你跟韦罗妮克在奥代翁剧场后面的咖啡馆吃午饭，你注意到你的博士论文导师就在隔着几张桌子的地方，你已经两年没见过他了。你冲动地起身去跟他打招呼。他打量着你，十分惊讶。

"我是托马！托马·比洛！我跟您在哥伦比亚大学做过有关普鲁斯特的博士论文。"

他摇摇头："对不起，先生。您认错人了。"

当你重新坐回到韦罗妮克面前，你没有接着之前的对话。你眉头紧锁，不停地问自己，这个你好几年里经常去见的男人怎么能认不出你呢。你变了这么多吗？还是他故意不认你？可是为什么呢？逻辑世界的窟窿让你有些迷失。

"你确定是他？"韦罗妮克神情关切地问，"也许有人跟他长得很像？"

你自己的眼睛会欺骗你吗？

九月末，你终于能坐飞机了。你只有一个想法：重回学生身边，重新做这唯一能让你扎根在这片大地上的事情。你喜欢教课，分析书或者电影，跟二十岁的男生女生分享你的惊叹。你一回来，秘书就告诉你已经雇了其他人代替你上课，一直到一月。你们都没敲就冲进主任办公室，冲着他大叫。

"这是我的课，我制定的教学计划，你们没有权力把我踢出去！"

菲尔·米勒不加掩饰地擦掉脸颊上的唾沫，椅子往后退了退，像是受到了惊吓。他命令你冷静下来。在他眼底深处，你看到一抹若隐若现的满意。

"学校明确规定，缺席超过三周的教师要被替换掉。您已经缺席三周半了，托马。相信我，学期已经开始，找到人可不是什么容易的事！这可花了我很长时间。再者，您超时的缺席导致系里多付了一个讲师的工资。"

"可是我来了啊！让我的替补离开！我要上课！"

"合同已经签了。没办法了。"

那么，接下来的三个月，你自由了。也不完全是。米勒提醒了你，你得参加一周两次的系会，还要完成迫使你留在这里的行政任务。剩下的，你的日程安排就是空的。需要你自己填满。

这是个千载难逢的机会，你应该写好稿子，跟你的材料一起交，作为第三年的春季评估。有个编辑的来信说出版这份稿子会收到不错的效果。

不仅仅是你要的书留在了巴黎，你根本无法坐在办公桌前集中注意力。仅仅是想到要修改你的书，重新投入进去，就会让你想起在巴黎度过的那个可怕的冬天。

你想到一个新主意：在法国发表这本书。把它翻译成法语需要的时间不会超过三个月，而且你可以避免读其他跟普鲁斯特相关的晦涩著作。你怎么没早一点想到呢？你有好几个朋友，其中就有我，博士论文在尚毕翁出版社出版。法国人能接受原创性想法没有严谨的注释作支撑。文学类或者哲学类的论文在法国是一种流派。你的思考方式和写作方式也是法式的。

十月，你去纽约过了一个长周末，直接去了我们两个月前搬进去的挑高公寓。里面还没有隔墙，行李箱充当了橱柜，堆起来的箱子划出了空间范围,你还是十分惊奇。这是个挑高公寓,一个真正的复式楼,有着非常高的天花板,还有空间。这是纽约客的梦想。

"这些窗户!这光线!太棒了!"

这天晚上,我们单独吃饭的时候,你跟我说了九月你想要自杀的欲望。我的神情不是特别担心,甚至当你跟我说,为了防止失败,想到要在头上套一个塑料袋,就像亚历克斯的爸爸一样。你注意到我难以察觉地耸了耸肩,好像觉得你失了礼数,竟敢把自己跟我公公相比。的确,从你在纽约唐人街的饭店里品味着芝麻鸡、还觉得有种异国风味来看,你的威尼斯抑郁看起来并不致命。

"你不觉得这只是因为你身处一间荒凉的孤岛上的豪华宾馆吗?记住,托马:便宜货,不存在。"

"是是!你说得真有道理。"

你跟我说起春季考核,以及你想到的主意。从现在起三个月里,你要把法语版的手稿交给尚毕翁出版社。

"普鲁斯特和古典作品,应该会让他们感兴趣,你不觉得吗?"

"对。"

"然后加上我准备推荐给《评论》的有关纽约的这期杂志。一期杂志和一本创作中的书,应该可以了,不是吗?"

"无疑。"

我们不说话了。很显然我不相信,因为我突然以一种温和的声音问你："托马，你想过回法国吗？"

你打了个哆嗦。九月，在看到你在iPod上下载的音乐数量之后，韦罗妮克也向你提出了同样的问题。她明白了你的孤独。她也觉得你的位置不在这片美洲大陆，这里对你而言如此陌生，你在自己家里，在自己的国家，周围是自己的朋友、家人、精神分析师和精神病医生，你会好很多。

"我的博士论文是美国的。我在法国找不到工作的。"

"你可以找其他工作。你玩得转的，托马。你的生活要不了多少钱，你是自己房子的所有人，社会保险是免费的。你跟我都太法国、太巴黎了，没法在美国大都市生活。我想起我在纽黑文是多么消沉，何况那里到纽约才一个半小时的火车。别留在里士满了。这是个错误。回法国吧。"

你点点头。可是，在三十九岁的时候回去，没有工作，这难道不是你失败的证明吗？你要在哪里生活呢？你跟我承认你不得不把套房租出去来还贷款，银行卡透支太多了，去年你不得不这么做。

你跟我们一起在史蒂文家吃晚饭，他是亚历克斯的一个朋友，住在你之前住的哈勒姆街区。他的套房有一个长长的L形走廊，从地板到天花板，墙上放满了读过的书。你们大声说着，笑着，相处得很融洽。第二天你在哥伦比亚大学附近的咖啡馆又见到了他，他跟你讲了自己的故事，你受到了启发。三十八岁的时候，正是你现在的年纪，争吵不休之后离婚，十年来他一直试图写一部有关今日美国的伟大小说，他的生活似乎也像一场溺水。对他的拯救来自房地产,在一名顾问的建议下——同时也是专业教练、精神分析师和精神导师,史蒂夫跟他讨论了很久。他在这尚有空间的行业选中一处小房子:商业房产。七年后,他生活得挺好,也有时间写作,他不后悔自己的选择。

转行?为什么不呢。他给了你这个顾问的电话。你给他打了电话,约好你下一次来纽约的时候见面。

十一月末,西尔维跟你一起来纽约度了一周的假。你的朋友萨姆跟妻子孩子去爸妈家庆祝感恩节了,把他在196号大街上华盛顿高地的套房留给了你们。这里很偏,实在不是你喜欢的街区,但如此一来你有了一处独立又免费的住所。

你通过电话咨询征得了巴黎精神病医生的同意,暂停了剥夺你所有欲望的治疗,因为你的女友来了。你焦虑地等待着她。你们最后一次见面是在巴黎,从威尼斯回来的时候,她扮演了护士的角色。秋天你们发了不少邮件,内容比较挑逗。你能达到她的期待吗?

重逢的那一夜你们 直在做爱。你放心了。还是能的。竹制床头没有固定在床绷上,只是简单地靠着墙,随着你腰部的每次运动撞击墙壁,沉重的声响反过来让运动更加激烈,应该是吵到了邻居休息,因为凌晨三点他们敲了天花板。你哈哈大笑。

"可怜的萨姆。他跟他妻子,要我说,他们不能再做床上运动了。不然这个床头就得报修了。"

你们从早到晚在纽约走了五天,感受着城市的活力。你是导游,想给二十多年没来过的西尔维留下深刻的印象。你把她带到我们家吃饭,开心地带她参观我们的挑高公寓和屋顶上的公共平台,可以在那里喝香槟酒,在星光下抽烟,面朝着帝国大厦和克莱斯勒大楼上五彩斑斓的灯火;带她去史蒂文家,一处靠着哥伦比亚大学的老式公寓,真正的美国作家的公寓;带她去雕刻家家里,他在位于苏豪商业街的巨大挑高公寓里组织了一场跟他作品相关的即兴爵士乐舞蹈表演,两瓶波尔多红酒下肚,你感觉好得试图将优雅的击脚跳加进舞者的步调里,你差点被盛怒之下的艺术家赶走;你带她去托尼家,他又住回了纽约,最近他得到一个亨特学院的职位。

跟往常一样,你什么都想做。你跟着我们来到史蒂夫家,就为在去托尼家庆祝感恩节之前喝一点开胃酒。一杯接着一杯,道别的时间到了,已经十点半了,在坐了很久的地铁之后,再出站走了半小时,当你们按响这栋位于皇后区深处的砖砌小房子的门铃,已经快半夜了,这是一座真正的"小猪"①式的房子,托尼跟他的伴侣已经在这里等了你们五个多小时。就连你三只小猪的笑话都没让他露出笑脸。你从没见过他这么生气。空气中飘着诱人的烤肉的味道:托尼花了一整天文火烹制火鸡,抹上粗盐保证肉质尽可能地鲜嫩,之后再定时浇汤汁。

---

① 原文为俄语。

火鸡太美味，怒火也消了下去，又一杯，你还说着话就沉沉睡去。凌晨两点，在载你们回华盛顿高地的出租车里，你听西尔维跟你说，托尼在你睡着的时候，跟她说你病得厉害，应该照顾你，你眼睛有些泛潮。你冒犯了托尼，可他想到的全是你！这阵情绪并没能阻止你想到教师这一职业依旧悲惨。当托尼在纽约找到这个工作的时候，你嫉妒过他，那里就是他谋生的地方：在皇后区的偏远角落，跟里士满一样是世界的屁眼，出租车司机来的时候你得支付的高得离谱的车费就能证明这一点。你确信无疑，要挣足够多的钱才能在自己期望的地方生活。明天，你要去见见史蒂夫推荐的教练。你挺喜欢这个男人。他不是真正的精神分析师，但无论如何，他读过拉康和德里达，他的眼睛跟尼古拉的一样，闪耀着智慧，而且这是你第一次在这里遇到一个你还想再见面的精神分析师。你约了下次过来的时候再见。

西尔维出发的前一晚，你跟她在饭店吃饭，这时电话响了。你接了。你抬高了嗓门，几乎喊了起来，生硬地挂了电话。西尔维神情担忧地看着你。

"是我们系主任。这个蠢货找不到我发给他的课程安排，还假装他根本没收到。"

"你确定你应该用这种口气跟他说话吗，你还有个春季评估呢，托马？"

"报告又不是他写，是三个非常喜欢我的教授。"

"你还是要小心啊。"

"一点事也不会有。我是院长的朋友，院长是他的上级，他还要舔院长的鞋底呢。这家伙就是个软蛋、懦夫、垃圾、废物。相信我，我对他算客气了。"

当你回到里士满，九月你在巴黎遇到博士论文导师的混乱得近乎幻觉的记忆又跳了出来。是个酷似他的人？他的兄弟？你相信自己记得他有一个大家庭。唯一省心的方法就是再次联系他。你给他写了一封信，跟他说今年你没有找新工作，因为秋季你在休病假，不过你想着明年去人才市场，还要仰仗他宝贵的支持。与此同时，你还给他发了最新的简历和有关让·米特里方案的报告，为了向他表明，虽然你们不再有什么交集，职业上你还是存在的。

你给一年前在贝拉吉奥遇到的牛津大学教授写信，跟他说你非常希望他给你寄一本他刚出的书，这样你可以在《评论》杂志上写一个书评，你有自己的门路。他很快就回复了你，并对此表示感谢。两个星期之后你收到了书。

你感觉自己乘着一阵满是生机和渴望的风。你已经为自己的坏运气埋过单了。你为自己通过自身的意愿，听从最亲爱的朋友们的建议走出不幸的连锁反应感到很骄傲。在化学的帮助下，你已经翻过这一页，将重新掌握自己的生活。你理解了你的医生在春天时说的话。强大并不是否定脆弱，而是接受自己的脆弱，知道如何让人帮你。

那么，十二月中旬，你在街口遇到一个苍白、修长的侧影，红色头发，并非跟诺拉酷似的什么人，而正是诺拉本人，就符合逻辑了。你们停了下来，一时语塞，正如两年前你们在图书馆过道里遇见时那样。只是两年，你却觉得像是过了一个世纪，因为一场革命已经完成。你们俩都没有一丝半点的尴尬，再见对方仅仅是一种纯粹的快乐，而且，显然你们当晚就会一起吃晚饭。你在街上偶遇她的时候，她刚提交完毕业论文的主题，从一月开始，她就要着手写了。一定有所谓的命运，因为这个主题，是你的音乐爱好启发的：她选择研究妮娜·西蒙为美国黑人的公民权利做出的斗争。她第一次听《年轻》、《有天赋和黑皮肤，为什么?》(《爱情之王已死》) 和《该死的密西西比》时跟你在一起，而现在这些歌她都熟稔于心。吃过晚饭，她陪你回家，你们有一搭没一搭地聊着。早上你们分开，晚上很自然地你们再见面。每个晚上如此，直到你去法国之前。

你并没有重新跌进狼口的感觉，一个吻就能让你活生生地燃烧殆尽。这并不是对旧时依恋的回归，而是一次新的出发。诺拉成熟了。热衷于政治斗争和美国黑人女子与魔鬼的战斗的女大学生不再是那个过早地面对死亡和创伤的十九岁女孩。你们的爱情中有一种前所未有的温柔。你的年龄几乎比她大了一倍；你们来自两个毫无关系的世界；她的男朋友毫无疑问地因你而死；你也病了。尽管如此，尽管去年你们彻底分手了，她还是庆幸能在大街上邂逅你，她明白了没有你她没法活，只有跟你在一起，她才感觉完整。你也一样，你只能对她敞开双臂。像你跟诺拉这样彼此感受到的爱情是一种极为罕见的东西。这是一份由死亡祝圣的爱情。诺拉还不到二十二岁,却有着超乎年龄的成熟。葬礼让她迅速成长。你对她的爱情并不局限于性方面的激情。只消看着她,看着她红棕色的长发、乳白色的肌肤、圣母般的脸庞,就足以激起住在你每一寸身体里的爱情,在她也是如此。这份爱情是一种馈赠,一种对她这个人、她的身体、她的灵魂的无尽的爱,一份既有欲望又有柔情的爱,既有情欲又不失友爱①。

欺骗西尔维让你很尴尬,她不该被这样对待,可是这两种爱情在你看来并不对立,因为它们不在同一层面。

你在法国过的圣诞节。你感觉棒极了。你愕然地回想起九月,在同一座城市,你还想要去死。你在爸爸和他妻子家,跟妹妹还有她的两个孩子一起过了平安夜——你早熟的侄女很是可人,才思敏捷,每每对答如流都让你惊奇不已,你的侄子温柔又敏感,给你爱抚,给你画飞机。圣诞节当天,西尔维跟你去了克勒兹,你们在韦罗妮克和阿兰家待了四天,还有他们两个可爱的孩子,她怀上年龄小的那个孩子时已经将近四十五岁了,这孩子是跟他妈妈一样优雅的奇迹。精力旺盛,欢快无比,你不停地逗他们笑。回到巴黎,你在你的"波"和他迷人的克拉尔家吃饭,又见到了精通两门语言的卡尔和一头金色鬈发的宝宝。三户法式小家庭。你喜欢他们。你欣赏这些漂亮的女人,她们全职工作,同时是出色的母亲。三十一日,你们一

---

① 原文为拉丁语 éros 和 agapè。

起去一个圣马丁运河边上的朋友家里庆祝另一个重大节日。你没睡觉就去坐飞机了。

到了里士满,你查看了邮件,发现有一封是博士论文导师的,两年来第一封邮件。他干巴巴地提醒你,你不是《评论》期刊的主任,跟这份期刊相关的决定只会由他来做。真倒霉!牛津大学的教授在你找到时间提出建议之前就给他写信表达了感谢。你立马回复,向你的导师解释,并保证这是个误会:你什么也没承诺,并且在向《评论》推荐书评之前,你想要读一读这本书。你又读了一遍邮件。谦逊有礼的口气应该能多少弥补一些。你不能任由自己跟明年还要指望的至关重要的男人闹僵。点击"发送"。

你一直是蠢事大王,但你在学着挽救。

在等待去爸妈家度假的诺拉回来期间,你飞去了纽约。你在圣诞节之前搞到一张便宜的机票,在重新上课之前享受一下最后几天的自由。在肯尼迪机场,你换乘机场地铁,在霍华德海滩站换乘地铁,纽约这条地铁线的座位是黄色的,又老又贵,你夹在一个戴着眼镜的胖大妈和一个以变戏法般的速度打游戏的年轻黑人中间。你在运河街下车。一些塞内加人在你经过时嘴里叽里咕噜地蹦着威登、古驰、卡地亚这些词,你跟这些说着法语、脸上带疤的年轻人开着玩笑,他们偷偷摸摸地卖这些仿造的包和手表讨生活。现在是祷告时间,尽管一月还很冷,好几个人已经脱掉了鞋子,在撕下来的纸盒子一端下拜。你想到亚历克斯给这个街角取的名字——圣包清真寺,不禁笑了起来。几步远的地方，有一个穿着毛式军大衣的中国老妇，肩上搭着一根长棍子，两头挂着两个塑料袋，只差一顶大大的尖头帽子看着就会像刚从稻田里走出来似的，在售价两百万美金的挑高公寓大楼前的垃圾桶里翻找着。悲惨和奢华在同一条街上，生命攒攒，律动不止。这就是纽约。

你按响对讲机，乘电梯，轻敲了一下门，转动门把手。我从远处喊了你一声："你好，托马！"冬天的阳光透过巨大的窗户洒满光洁的地板。这是你第三次进来，你又想到，钱能买到美丽的事物。跟你的贫穷一对比就有一种滑稽的意味。得找个解决办法，办法只有一个：再借一笔钱。在目前美国现有的所有信贷机构里，你一定能找到一家。圣诞节的时候你跟你爸爸借过钱了。这是他第一次拒绝你。"十天后你就三十九岁了，托马。你有工作，有工资，是时候做做预算了，你能解决的。你不能总是指望我。"你不想让他担心，也就没有坚持。昨天，在里士满，当你在取款机里连五十美元都取不出来时，你惊呆了。透支太多，账户冻结。身无分文怎么去纽约？埃弗兰已经改了工作时间，乞求她开车送你去机场省掉打的的钱？你宁愿对我说：你的账户有点技术性的问题，我能不能借你一百美元。这天早上，你又试着取钱，发现一月前半个月的工资已经发了。在付完各种账单之后，一点也不剩，但是这一点都不剩至少还能让你取出两百美金，靠着这笔钱，你得过完接下来的两周。你的信用卡又能用了。

你怎么会到这步田地的？钱跟时间一样，飞走了。机票、火车票、巴黎生活、精神病治疗、买书和衣服、九月在威尼斯、圣诞节礼物、刚坏掉的锅炉、愤怒的女租客没有付的十二月份房租,她甚至以法律程序威胁要拿回担保金,饭店、你嗜好的葡萄酒、香槟、小雪茄……

在那晚吃饭的中式餐馆里,我们分别提到了各自物质方面的问题,你的问题是巴黎套房里什么都在坏,我们的问题在纽约,工程始终没有开工。你告诉我,你已经开始翻译手稿了,感觉不错。你不再吃抗抑郁的药物了。最重大的消息是,你又见到了诺拉,你们重新在一起了。你爱她。她爱你吗?有时候你觉得爱,有时候觉得不爱。跟诺拉相关的一切总是这么复杂,她是个迷失的孩子。如果她接受三月陪你来巴黎,你就跟西尔维分手。

从莫特大街上的餐馆出来,我们穿过一座公园,里面有中国人在下围棋,当走上一条小街、注意到它的名字时,你发出一声欢呼,就跟小说中的"我"发现走过梅塞格利丝可以接上盖尔芒特一样吃惊。你没有注意到巴士打街就在唐人街里面,离我家非常近。那位上了年纪的爵士乐音乐家就住在那里,你在滚石唱片听过他的歌,他有一些自己创作的乐谱要给你。你让我等你五分钟。

"现在吗,托马?十一点了。"

你不知道哪个爵士乐音乐家会在这个点睡觉的,唯一的风险就是他不在家。你冲进楼道狭窄的小建筑里,十分钟后下来跟我说,老音乐家让你在门口等他穿裤子,还解释说不能接待你是因为他的妻子在睡觉；通过半开的门，你瞥见一间堆满家具的房间和一张床，被单下面有个体积庞大的身形。

"所以说，做爵士乐音乐家挣不到大钱。"

"你把他们喊醒了？"

"当然了，不过他很高兴我顺路过来。十点钟就跟女人爬上了床，他的日子肯定没什么意思！"

去我家拿了你的包，半夜到我的朋友蕾切尔家也没有造成半点问题，这正合她意，在这之前她在上班。她也住在一间挑高公寓里，在她买下它的十五年后，房价翻了十倍。她的孩子跟丈夫在睡觉，她把你安顿在客厅一角的充气床垫上，这个蕾切尔很友善，刚刚认识你就对你这么热情，你们围着酒聊天——在注意到她丈夫收集的酒瓶之后，你选了一瓶十八年的拉弗格。蕾切尔跟你一样，几乎不睡觉。她跟你描述了将来要出的书，关于夫妻之间的欲望延续，虽然你对心理学的书一点也不感兴趣，但你喜欢她说起这话时的热情、她闪闪发亮的眼睛和生机勃勃的嗓音、她的比利时口音，还有她说"七十"的方式。你向她提了一些问题，很快，她说的就不再是她的书，而是在安特卫普，她在一群幸存的犹太人之间的童年：你仿佛看见生命力顽强的小姑娘，扎着头发站在来自波兰乡村的老父母中间，他们俩都是从奥斯维辛死里逃生的人，用夹杂着意第绪语、波兰语、弗拉芒语和法语的语言说着这个亲戚或那个朋友被毒气毒杀，"被毒气毒杀"，这个词她用了意第绪语，日耳曼语的发音让你打了个哆嗦，你能理解，一个在烟消云散的世界之中长大的女人鼓吹性愉悦没什么可意外的，因为她确定正是性和力量才让她的父母幸存下来。你们也聊到了你的病，她知道这是什么，她告诉你病挺严重的，你完全应该继续治疗，不要再喝酒。你们五点钟才睡，两个小时后，你听到她那两个十多岁的儿子在争吵，在他们准备早饭的时候，在去高中上课之前。纽约新的一天又开始了。跟蕾切尔一起做了一组瑜伽之后，你们吃了一种美味的黑麦面包片，你在里士满没见到过，所以你问了她面包店的地址好带几个回去，之后她就催你了，她要上班，再说，你今天也有无数约会。

跟往常一样，在纽约的这几天就是一场友谊风暴，跟漂浮在各处的孤独的小气泡相遇，这些气泡是香槟的精华，是你的名字，托马·比洛，也就是"泡泡"[1]。从东到西，从南到北，你在这座城市中来来往往，往往来来。你在史传德书店——地球村最大的二手书书店转了一圈，再出来时，手里提着几个袋子，里面放满了书，其中有一本很棒的马普尔索普的专著、一本给诺拉买的妮娜·西蒙的插图本自传、一本厚厚的有关纽约工业楼的建筑类著作。你在哥伦比亚大学旁边跟史蒂芬喝了杯咖啡，他正在成为你真正的朋友，成为你可以无所顾忌地跟他谈笑风生的朋友之一，他是生活赠予你的、稀有的三十九岁生日礼物。你跟托尼吃了午饭，他跟你聊了一些同居的问题，告诉你在纽约教课也是徒劳，学生的平庸让他绝望，托尼太了解

---

[1] 在法语中，比洛和意为"泡泡"的单词相似。

你，跟他在一起你可以卸下伪装，可以跟他谈谈诺拉。你走进一月初人烟稀少的大学校园，跟青铜制的智慧女神雕像打了个招呼，雕像四周常青藤环绕，一本大书摊开在她的膝盖上，你要去跟系里的秘书问个好，亲切的接待让你觉得如同在自己家，接着你敲响新来的系主任的门，虽然她显然没有秘书热情，你还是带着任务完成的感觉离开了，不被遗忘很重要。你在博尔特图书馆复印了几篇莫拉斯和都德的文章，随后就去见你的教练，沿着环河路走十分钟就能到，你们笑声不断，聊了一个小时，聊你可以经营的修车行和饭店，或者在大酒店戴着手套做招待，你给他一张支票——只要一百美金，他给你开了个价——你让他等几周再兑现。在苏豪的一个酒吧里，你又见到了本诺瓦，你希望靠着他在今年秋天联系的约翰·霍普金斯大学里弄一个职位，他一直跟你反复地说要完成手稿——"托马，这是首要的"，你很感动他能为你操心，也很感动他为你们的威士忌付了钱，当你身无分文，而他对此一无所知的时候。你要去城市最边上的选集档案馆电影院看《阿尔及尔战役》，之后穿过曼哈顿区和哈勒姆区去萨姆在华盛顿高地的家里吃晚饭，再从相反的方向跟蕾切尔和她在城市酒厂的丈夫一起一路南下去听史蒂夫·伯恩斯坦。在地铁里，听着约翰·科川，你又读了一遍《重现的时光》，为二月末的讲座奋力在上面画着，嗓音有力地唱着格什温[①]的牙齿脱落的老黑人和戴着

---

① 乔治·格什温（1898—1937），美国作曲家，创作过大量流行歌曲和数十部歌舞剧、音乐剧。

圣诞老人帽子的年轻亚裔小提琴手分散着你的注意力。

两个晚上之后，你搬到了住在字母城尽头的玛丽安家，紧靠着 D 大道，之前是可卡因大道。当你穿过汤普金斯广场，电光蓝的天空凸显出建筑物简洁的外形和树木光秃秃的枝干，你想到跟这些从早到晚困在办公室里人相比，或者跟地缘政治冲突的受害者——十分之九的人类相比，你是幸运的。你有两条腿、一本护照和一张签证，你从一座城市到另一座城市，从一块大陆到另一块大陆，从一个朋友这里到另一个朋友那里。梦想中的生活。你在 B 大道上的熟食店里买了一个苹果，跟那里牙买加裔的收银员闲聊，三十年前他就开始在街上卖水果了，他有两个儿子，一个在福特汉姆大学学习法律，另一个已经是工程师了。他们肯定比你有钱。完美的美国梦。突然他有些怀疑地问你是不是还要再问他父母的事情，你笑了起来："为什么不呢？"

把包放在玛丽安家，你在吃午饭的时候从反方向坐车来找我，因为你没有空闲的晚上了，我请你在苏豪一家格调高雅的饭店里吃饭，帮你庆祝生日。刚刚吞下酒店老板插了一支蜡烛的精致翻转苹果塔，你就走了。你约了一个十月在一次聚会上遇到的上了年纪的罗马尼亚女诗人，她住在福里斯特希尔斯，皇后区最边上，一小时一刻钟的车程，你敲响一个带花园的独栋小楼的门，这条街上全是带小花园的独栋小楼，她给你开了门，这个风韵犹存的女人，她的头长得像马，牙齿很大，眼睛里燃着两团火。她八十四岁，抽烟抽得像个消防队员，喝酒喝得像个雇佣兵，你们待了几个小时，在她烟雾缭绕的客厅里抽着小雪茄，喝她的芝华士威士忌，与此同时她对你讲述她的生活，齐奥塞斯库时期御用女诗人的地位，被折磨致死的朋友，她还在他家留下一些讽刺社会制度的诗，变节和流亡者的新身份。你们读她用罗马尼亚语写的诗和翻译成法语的诗，你发现她的字写得很棒，她整个人都让你感动，你差点就要对这个上了年纪的女人产生欲望，她身上既有安娜的严谨也有你母亲的大笑，而且这种欲望是你们俩共有的，你能感觉到，她皱巴巴的手抚摸着你的手的时候，她明亮爱笑的眼睛看着你的时候，更多的是一种女人的温柔，而非母亲的温柔，下一个会面已经迟了一个小时，你约了哥伦比亚大学的前女友以及前任情人，可你还没走，一想到要离开她，你就有一种疯狂的痛苦，当你要走的时候，她给了你先前翻译成法语的两本书，你答应她下次再来看她。

玛丽安很累，她明确地要求过你不要在十一点之后回来，可是当你气喘吁吁地爬到四楼敲门的时候，已经过了十二点，因为你跟托尼和萨姆去斯莫斯酒吧听了一场音乐会，还喝多了，你发现玛丽安泛着泪光，十分消沉，突然有种老女人的神色，比女诗人还要苍老。她处在青春期的女儿刚摔门出去，去了闺蜜家睡觉，无依无靠地在纽约养一个十六岁的女儿太难了，为了支付私立学校的注册费，给她买有钱父母家的同学穿的名牌牛仔裤和鞋子，她像一个苦役犯一样工作，然而一句感谢的话也没有，她要崩溃了，她怕走不出这个困境，照片赚得很少,她绝对得找另一份工作了。你拿出你买来的红牌伏特加,代替你有天晚上失眠时喝掉的那瓶——你注意到她早上看到空酒瓶时不快的神色,于是你买了一瓶一模一样的,你给你们俩拿了两只杯子,玛丽安靠着你的肩膀哭了起来,十五年前,她有一个丈夫,苏豪有展出她作品的画廊,她曾经是年轻、才华横溢、大有前途的摄影师,她和她的丈夫创立过一份杂志,认得市中心①所有的艺术家,他们曾经是那一幕的中心人物,今天她孤身一人,没有丈夫,没有画廊,她靠给婚礼和酸奶瓶子拍照生存,面对月末的赤字,她已经陷入绝境,而现在,她的女儿当着她的面发脾气。你抚摸着这个比你大了十六岁的女人的头发,就好像她是你的女儿,在她的鬓角落下几个温柔的亲吻,安抚着她,对于她的悲伤你无比同情,快三点的时候,她精疲力竭,终于去睡觉了,为了一个小时之后能起来,她让你把客厅的音乐声音调小。

  天破晓的时候,你终于睡着了,太好了,因为这一周你总共才睡了十个小时,然而十一点,你的手机把你从深度睡眠里拉了出来。是我,我之前打的几个电话没能叫醒你,这天早上,我们得早点出发,要骑自行车穿过布鲁克林,沿着海洋公园大道,一直骑到海边,中间要穿过你特别想去看看的哈西迪犹太教的几个街区。你睡觉时忘了定闹钟,身体疲惫不堪,你觉得自己没有勇气在零度的寒冷里骑自行车,再说你也

---

① 原文为英语。

没时间，因为你有几个约会，还有这部有关查理·帕克的电影《鸟》，你绝对要看。"你说话不算话，托马！"我很失望，我本来很开心能在你走之前跟你一起度过四个小时，为了弥补，你提出在明天飞到弗吉尼亚之前，陪我去一个朋友的开幕式。

你跟玛丽安在厨房黄色的餐桌前吃了早饭，桌子前面的窗户朝着枝干光秃秃的树，太阳在她的鬈发上投射下一抹威尼斯般灿烂的阳光，这间套房堪称绝妙，有点欧洲风情，类似普罗旺斯，你知道她和她的丈夫三十年前以两万美元买下这套房子，现在它值一百万，这些老纽约人运气真好，他们处在合适的地点、合适的时间，可以投资房地产，她有这间房子实在幸运，这是一只下金蛋的母鸡，她非常同意，这套房子可以让她支付账单，因为她把三间房间中的一间租给了一个大学生，就是你睡的这间，今天她要在后天租客来之前重新粉刷一遍。你帮她挪走了家具，地上铺上报纸，你从开着的门看到了被她的女儿嫌弃的另一间房间：

"为什么你不把大房间留给你女儿呢？"

"那一间太小了没法出租。"

"可是对你女儿而言不会太小吗？谁管租客呢，玛丽安，只要有一张床给他睡觉，就够了。你的女儿才是首要的！"

十月，你偶遇过一个气呼呼的十几岁的女孩，她还戴着戒指，你感觉到她的苦恼，她难以在一位无法收支平衡的母亲和一位离开她们组建新家庭的父亲之间找到自己的位置，你非常确定，她需要有个人，她的母亲，来告诉她，她排在其他人前面。你看到玛丽安的脸亮了起来,她从没想到过这个主意,不过你说得对,应该就是这一点让她的女儿发火:依旧住在宝宝房里,没有租客重要,现在她觉得这件事是理所应当了,应该要把有大床的大房间给她。

跟布鲁克林的法国记者们吃完一顿滋润的晚餐后回到玛丽安家,你不困。你一晚上都在读那本牛津大学教授的书。你的思路从没这么清晰过。早上,你写了一封邮件,再一次请求还没回复你的论文导师接受你的道歉。你解释道,你的愚蠢是由于焦急地渴望在法国占有一席之地,没有提你对这份期刊的看法。为了向他证明没有比你更合格的人来写这次书评,你在邮件里附上了为这部英文著作写的一份言简意赅的总结,你成功地用二十五行字就指出了关键。最后你提醒他这本书跟你自己的书之间的差异,你阐明的是支持现代性的批评。

这个总结很优秀,做好了发表的准备。你的导师只会发觉你变得更加精细、更加严谨。

喝完一杯茶之后,从玛丽安家出来,你穿过东村区来接我,这样我们可以一起坐地铁去上东区看我朋友的展览。你跟她讨论了很久,惊讶地得知,这个来自贝鲁特的富有家庭、移民到巴黎的四十八岁的黎巴嫩女人,如今跟一个黑人街头音乐家生活在新泽西一个没有浴室的工作坊里,她成功地帮他摆脱了毒瘾。这是个快活、自由的女孩,一无所有,也不为明天担心。你喜欢她的大篇幅画作,五彩的色点看着像是城市深处的花或树,可能就是纽约市。她跟你待了一个多小时,和所有你感兴趣的女人一样被你吸引。当她终于走远，你看了一些房间里展出的其他不知名的艺术家的作品，你在每个人身上都发现了一些长处。葡萄酒不赖，塑料无脚杯一杯接一杯地见了底，当我对你示意，你已经一个人喝完一瓶时，你颇为惊讶。我朋友画的这幅开花的樱桃树让你想起了凡·高，你看着觉得跟你的套房很搭调。五千美金？这是大家都买得起的艺术品。这够她和她的街头艺术家生活六个月。你拿出你的支票本，跟画廊老板讨论要怎么把装裱好的作品运到弗吉尼亚。当你问他有没有可能按月支付，比如四年内每个月一百美元时，他抬了抬眉毛，走开跟另一个更加有支付能力的顾客说话了。

离你去机场还有四十分钟，你邀请我去甘斯沃特大酒店的酒吧里去喝一杯，在肉库区，这个街区之前是屠宰场，现在变得非常时尚。我们叫了一辆出租车从东到西再从北到南穿过曼哈顿。你很好奇，想看看这个酒店，尼古拉在一次商务旅行中跟一个情人在这里住了一个星期之后，对这个酒店做过一次令你向往不已的描述。你就是想带西尔维来这里，等她二月在纽约跟你碰面。甘斯沃特的侍者都穿着一身黑，你问他们情人节有没有活动，他们傲慢地回答说酒店不打折。这有什么，六百美元的价格在你看来完全合理。我在你递出信用卡的时候拦住了你：

"也许你可以跟其他家比比价？"

"对，你说得有道理！"

我们跟一对年轻高雅的夫妇一起坐电梯上到酒吧，你相当兴奋地朝他们凑过去。

"你们是这里的客人吗?是吗?房间怎么样啊?大不大?床舒服吗?浴室呢?我想要请我的女朋友来这里过情人节。嗯,我想,也许你们可以带我看看你们的房间?"

他们到了自己的楼层,迅速出了电梯。我笑了起来。

"你吓到他们了,托马。在这样的酒店里,问客人能不能看他们的房间,哪有人这么做的!"

你皱起眉,有些吃惊,有些困惑。

"不这么做吗?为什么?"

浮生若梦

当西尔维跟你说因为工作的关系、二月来不了纽约时,你松了一口气。你们三月巴黎见。情人节的周末,你一个人回到了纽约。玛丽安给你写信感谢你的建议——她跟她的女儿和解了,换了房间后她开心坏了,还告诉你她没法给你提供住处了,因为你的作息不规律,而且你们的夜谈把她打倒了:你上次来过之后,她就病倒了。蹭住计划完全覆灭,托尼没法给你提供住处。当蕾切尔跟你说她也不能的时候,你有点失望,然而,你的新朋友史蒂芬为你敞开了大门。

你发现一月人少了点。白天你一部分时间花在博尔特图书馆六楼安静独立的小办公桌前,准备两周后要在你自己的学校开的讲座。你选了一个论文中没有涉及的课题,"普鲁斯特与战争",导师提出思考战争策略和爱情策略,在二者之间建立对比,他的想法无关乎科学,而是认为敌人无法事先知道我们的计划,就像我们无法理解我们深爱的女人抱有怎样的目的,这一点就足以引起你工作的兴趣。一月，你的精力太过分散。你感觉现在平静多了。

更为平静，但也疲惫。你了解这种疲惫，这种在纽约待了这几天之后、一回到里士满就压在身上的疲惫。幸好讲座准备好了。你可以办了，虽然对你的想法并不完全确定。精力离你而去，教学把你榨干。在课上，你付出巨大的努力来模仿那个活力四射的托马。你晚上见到诺拉的时候，既痛苦又消沉。你看着她热衷于笑容灿烂的大耳朵年轻候选人煽动人群，说"我们可以"，你觉得他迷人、智慧，比比尔还会说话，可这又有什么用，你耸耸肩。很明显黑人在美国永远不会当选，就算这个倒霉鬼不幸地赢了，选举的第二天他就会像阿马窦·迪亚洛一样，被四十一颗子弹刺穿。这就是我们生活的世界，诺拉。妮娜·西蒙知道，这就是为什么她要在二十世纪七十年代离开美国去非洲和欧洲。几杯威士忌喝完，你什么也不想，除了思考四十三岁的女歌手被世界抛弃、在伦敦卡尔顿酒店的房间里、数出三十五颗安眠药然后吞下去、试图自杀这件事。诺拉越来越不经常在你家过夜，借口要忙她的论义。

三月中旬，你来巴黎过春假。你又见到了病之猛兽，完全没有欲望见任何人或做任何事，不管是什么人什么事，只想睡觉喝酒。你给你的屋子成功找到一个新租客，西尔维去了外省，要待一段时间，你没法跟她还在上高中的孩子们住在一起。你又住到了你妹妹家，就跟九月时一样。你努力让自己尽可能地不惹人注意，不在夜里吵醒她。早上，孩子们去上学，你去睡觉。在你周围，生活在继续，人们去办公室，忙碌起来。米特里的遗孀从外省过来见你，你跟她约了时间。可你没露面，既没有事先通知，也没给出解释。你收到一条消息说她不允许你去查资料了。有什么重要的？你对这个项目已经没什么信心了。你知道你不会写的。你一直都知道。

你的身体、你的精神已经变成难以移动的一坨。你尽自己所能瞒天过海。你远远地看见自己在笑，在提问，在假装感兴趣，好像在演木偶戏，也可能是皮影戏，在很远很远的远方，在海底的什么地方，你看见世界在运动，却又听不见它的声音。你努力着不去让妹妹担心，她的生活足够艰辛了：全职职员，周末还要单独照顾两个孩子。她有一个重要的项目要完成，快到截止日期了，她害怕失败，也不能允许这样的失败。你在这间小房子里的存在是沉重的，你并不总把沙发折叠起来，当她晚上七点钟跟孩子回来的时候，还要做家务，准备晚饭。你理解她的不快。你也能理解在巴黎的这段时间，西尔维一次也没来看过你，虽然她就在离巴黎两小时路程的地方工作。她也要保护自己，她也脆弱。你的朋友们有工作，结了婚，有小孩，生活在小小的空间里。没有一个人，在精神上或是地理上，没有位置给这构成你身体的庞然大物。你走的前一夜在位于郊区的"波"家里吃了晚饭，你喝得太多，以至于没法在半夜走到RER（巴黎全区快速铁路网）高速地铁车站。你瘫在他其中一个儿子的床上，他儿子去一个朋友家睡了。

你在儿童房里喝了一夜的酒，地板上全是乐高和摩比世界。你去客厅的橱柜里拿了一瓶金酒。当克里斯朵夫早上进来叫醒你时，你听着他的声音像是穿过一层雾传来。你听不懂他说的。你并不真的在那儿。昏迷中。脚下的酒瓶表明了你夜间的活动。你的朋友通知了你的妹妹，她赶紧离开办公室赶了过来。她跟你说，你不能回美国，你应该待在法国，住进医院。她的话果断、正确、权威。你想让她放心，听她的话，可你知道这不可能。如果你在学期中间放弃你的职位，如果你在九月第三年测评的前一个月重蹈覆辙，你的合同就不会续签了。你没有一分钱积蓄，没法偿还债务和房贷。你会没地方住。你就得由妹妹和爸爸照顾。你的学位是美国的，你的职业生涯在那里。如果你失去你的工作，你也找不到其他工作，你的事迹会传遍美国校园。至于你今年秋天想到的转行，那只是玩笑而已。你不觉得自己会去经营车行或者餐厅，也不会在大酒店的酒吧里做鸡尾酒。你只会做一件事情：教文学和电影史。唯一的办法就是重新教课。你的妹妹给精神病医生打了电话，为你约了一个紧急会诊。她让他说服你住院。你说服精神病医生让你回美国；这是生活的选择。

你违背了妹妹、父亲和好友的意愿，离开了。

你在飞机上睡着了。离开妹妹在巴黎的套房十四个小时之后，你来到了里士满。埃弗兰在小机场等你。她对你敞开怀抱，把你搂进怀里，抵着她的大胸脯。"托马斯！旅途怎么样呀①?"她给你买了牛奶、谷物、鸡蛋和水果,这是一位真正的母亲。跨过房门,你整个人都轻松了。这是你的家具、你的事业、你的书、你的光盘、你的文件盒,里面成百上千份材料按照完美的字母顺序排列着。你在自己家。你不是一个人,因为你有 iPod,有无数首歌。在这里用不着伪装,也用不着让什么人放心。你回来是对的,你能做到的。

四月初,只剩三周课了。然而麻烦事越积越多。假期期间的作业还没改,学生们从二月开始就在等了。你又给了他们新的作业,他们有些不满,因为上次的成绩还不知道。你粗暴地反驳他们:你要参加各式各样的活动,要做各类讲座,要写书,要做研究,你是举足轻重的教授,你不过是没时间。这门课每周三次从早上上到九、十点。你怎么可能在五点吃完安眠药之后在八点钟起来?闹钟响了,你没从化学性困意中醒来就按掉了。你每周都要缺一两次课。

蠢货主任喊你去问话,因为一些学生有怨言。他们不仅说你缺课,还指责你不备课,净说一些没法理解的长篇大论,不为他们着想。你为自己辩解。你喜欢上课,向学生们传递对文学的热衷和迷恋,你知道他们喜欢你。这种攻击不过是来自一些缺乏想象力、喜欢条条框框、按部就班的蠢货。背后伤人,狡猾的攻击。没有一个人来当着你的面指责你。接下来的课上,你问:谁是那个卑鄙的懦夫?谁?谁去告发你的?是哪个人告发你的?你

---

① 原文为英语。

又被喊去问话了，这一次是去院长那儿，你的朋友，他没有一句友好的话。他问你是不是真的威胁要惩罚不满的学生。这项控诉很严肃。你嘟嘟囔囔，否认，争辩，向他解释当时的情境。他没有笑，没有拍着你的背问你下一场比赛是什么时候、下一杯啤酒什么时候。他冷冷地警告你再也不要威胁任何人，这个错误会让你被开除，你只领了一个警告走出门算你走运。

你灰溜溜地离开院长办公室。你刚刚失去自尊和这份工作上的最后一位盟友。

二月末，你在截止日期之前重新交了一遍评估的材料。在那之后，一个委员会成员——那位唯一的法语同事，一个和善的比利时人，给你写过两次信给你建议，第二次更是坚决要求你交一份体检报告。她猜出来你生过病。她肯定知道是什么病了：创伤性疾病，伸出一根手指在太阳穴绕圈圈比划的病。脑子有病①。你的材料太单薄了，她跟你说，里面没有半点去年的东西。现在参加第三年评估，尤其事关你在这里的未来，这么做太冒险了。你有权要求延迟一年。你之前休了带薪年假，没写书是因为你病了，秋季没教课是因为你病了。

要延长期限，你得在四月十六日之前给系主任写信。你得解释病的性质，为你的行为辩解。这就是问题所在。你没有勇气对你蔑视的、感到敌意的男人谈及抑郁症和精神病治疗。再说，这相当于职业自杀。你心知肚明。你的病会成为你评职称

---

① 原文为英语。

的主要障碍。美国肯定是一个维护少数人和残疾人权益的国家，但也是讲求责任、讲求义务的地方，甚至比反对歧视更为重要。大学要对自己的学生负责，怎么可能把他们交给患有自杀率高达百分之二十五的精神病的老师呢？

为了不失去你的工作，你得说一个有可能会让你失去工作的病。这就是所谓的《第二十二条军规》。

一天又一天，日子不可抗拒地走到十六日的节点。四日你收到邮局送来的一件稀罕物：一封手写的信。笔迹看着有些熟悉。你想到你博士论文的导师，就急忙打开了它。这封信不是他写来的，而是埃利，你在里德的学生，你已经两年没联系他了，几乎都忘了他。他跟你说认识了一个女人，说他想要进修文学博士，当然是在纽约，问你能不能给他写一封推荐信，还告诉你一家小出版社提出要出版他的硕士论文，这篇有关电影理论的论文就是你指导的。他希望知道你是否认识这家出版社。你甚至都没把信读完就把它扔进了厨房柜子里。

两天后，你收到了塞巴斯蒂安、阿兰·里波利、托尼的电子邮件，他们都问了你同一个问题："托马，你看到斯坦利·费希关于尼古拉的博客了吗？"收到第一封邮件你就在网上搜到了这篇文章，这位著名的美国知识分子称赞了尼古拉五年前写的文章，这篇文章很快就要以英文出版了。《纽约时报》的博客，正如这里的人所言，是大买卖[①]。尼古拉的名字印在了

[①] 原文为英语。

美国知识分子的名片上。如果在一个世纪前听到这个消息也许还会让你心跳加速。这本以英文出版的书本应该是你的。美国曾是你的地盘，是你让给他的。你自嘲着。

你三十九岁，普鲁斯特在这个年纪已经开始写《追忆似水年华》。他已经出版了《欢乐与时日》，《让·桑德耶》还没写完，翻译了拉斯金。在你的电脑里有一本你本来希望写的标题为《废孩游记》的小说。你看着它，这本书本该是你的《世纪儿的忏悔》。文件夹里一句话也没有。你已经放弃了所有的尝试——平庸的尝试。你爱着一个女人，她有时候会觉得她爱你，然而你知道，在夏天之前，你就会失去她。你有一副美丽的肉体，高大、修长、有活力，现在它沉重、臃肿。你身上的一切都指向死亡。

你不再接电话。答录机开着，你听到你妹妹、你父亲或是好朋友们的声音："托马，求你了，接电话！"塞巴斯蒂安和克里斯朵夫跟你一样有谷歌邮箱的账户，当你坐在电脑前，他们在巴黎的"聊天"窗口上就会亮起一个小绿点，他们知道你在家。你邮箱中的消息越积越多。妹妹、爸爸、西尔维、韦罗妮克、"噻巴"、你的"波"、你的"狼"求你回复他们。我给你发了一封邮件，问你应该订特里贝卡电影节哪几部电影的位置，我希望十天之后陪你去。看，你已经忘了，这个为塞巴斯蒂安的杂志参加的电影节，你曾经指望的电影节。一月底当你向他提议时，他建议你最好专注于大学里的文章。这一拒绝伤了你的自尊心，但你也不能怪他，九月时他的确在等你有关威尼斯电影节的文章。再说，你甚至都没法买去纽约的票。你又透支了。你给所有信贷机构都打了电话，不管是什么利率都愿意借，可你一毛钱也没借到，除了他们的拒绝。你没有清偿能力。两年来你交的人寿保险账户里面肯定有钱，可是你没有提取的权利。你一无所有地死去，却又在身后留下了点什么。真是讽刺。

有时候在课上，当你为学生读一段普鲁斯特或者福楼拜的作品时，你会有种突然的生机。只要能看到听你讲课的学生眼中闪过一阵光芒，看到学生对文本的讽刺和美有一种敏感，就够了。下午你继续上课。你们一起读之前布置他们评论的文章。你提出问题。美国学生不怕开口。时间流逝着。然后你走出教室，走向自己的房子，甚至都没看见路上撞见的同事。

你履行了对妹妹的承诺，去看了精神病医生。那是你偶然在学校医疗中心的号码簿上找到的名字。你约了时间。是个脑袋圆圆的印度人，挺着个肚子，说话的口音像是唱歌，比你小两圈。你告诉他抗抑郁的药对性欲有影响，所以停了药，因为性欲是你活着的唯一理由，他没有教训你。他告诉你这个药肯定不合适，有其他的药。他给你开了另一种药。他提醒你千万不能喝酒，酒精跟这些药在化学上不相容，不仅仅会消除药效，而且，跟这些药一起可能会加重你的病情。你点点头。当天晚上你就开始了新的治疗。在诺拉的鼓励下，你没开红酒瓶。

短短几天，你就感觉好多了。你的情绪缓和了下来。晚上不喝上一小杯或者说喝上几杯太难了,只能以酒精饮料、怡泉或者可乐代替。你一有点力气就开始跑步。至少,你开始睡觉了,早上能起来上课了。一天晚上,诺拉跟你紧挨着坐在床垫上看她从没看过的《罪与错》,这是你比较喜欢的伍迪·艾伦的片子,或者说最喜欢的,电影里精妙绝伦的句子能让你眼泪都笑出来("一个奇怪的男人拉在我妹身上了"),你按下暂停键,冲动地问她今年夏天要不要陪你回法国。你帮她买票,这是肯定的。(哪来的钱?现在不是想这个问题的时候。)她闪躲地回答,她要想想。毫无疑问,她想起了上次的旅行和糟糕的结尾。不过,她肯定注意到了你眼中升起的乌云,因为她微笑着加了一句:"为什么不呢?我很想再看看法国。"善良的诺拉。"我们也可以去意大利。"你的手滑过她红色丝绸般的头发,补充道。未来再次显得可能了。还会有另一个夏天。诺拉会跟你住在雷翁街。你们再去三兄弟饭店吃一份古斯古斯,去"康康·库拉"买满满一购物车的东西。你会在美丽的星光下,在天台上做爱,伴着《光芒》的旋律,凝视蒙马特高地上圣心大教堂的巨大圆顶。你们会去诺曼底、布列塔尼、克勒兹、那不勒斯、普罗奇达。你会工作,会写第二本书。得有体检报告才能开始。你的同事说得对。这份没有内容的材料会加速你的失败。你之前病了,现在你在接受治疗,这就是证据。

四月十五日,在上完一堂你重新找回活力、让学生大笑的课之后,你写了一封邮件。现在是最后一刻,但你没有错过时间。你谨慎地撰写这封邮件。你对老板解释说你遵从全体委员会成员的建议，因为你之前病得很重，"二〇〇七年至二〇〇八年一学年病得很重[1]"，正如他之前就知道的，你补充道，正是出于这个原因，你没能在秋季学期来上课。现在评估恐怕对你不公平，因为学生还没给你的秋季教学打分，上个春季也没有，那会儿你在休带薪年假，生病拖慢了你手稿的进度。你的邮件写得礼貌、尊重、专业，因为你十分清楚该怎么写。里面没有一丝一毫针对这位主任的情绪，尽管他对你抱有敌意，而且肯定以煽动学生反对你为乐，在院长面前诋毁你。点击"发送"，搞定。

没有比这更容易做的了，你不理解为什么你没有早一点去做。你感觉到极大的平静。你刚刚为自己赢得了一年的时间来写材料中缺少的这几篇文章，把手稿翻译好发给尚毕翁出版社。小意思。只要一点自信，再找一点时间，你就能做到。你没能做到是因为你在抑郁。抑郁是真正的疾病。你道出了事实。这次新的治疗，你能感觉到，会给你新的行动力。在发送这封邮件的同时，你也选择了生活。

诺拉这天晚上来找你的时候，你比之前几个月都要幸福。你温柔而活泼。你对她吐露充满爱意的赞美之辞，帮她改法语作文的时候让她笑声不断。你又变回了托马。诺拉松了一口气，她之前给你的朋友和家人发过求救信息。你不知道，但是韦罗妮克已经在你妹妹家召集了你的爸爸、西尔维和你最亲近

---

[1] 原文为英语。

的朋友来开紧急会议。你这三周的沉默磨光了他们的耐心。他们全都非常担心你。你妹妹不想强迫你住院。没有人有你的消息。他们知道你并非最靠得住的联系人。当你很忙或是没心情的时候就不回复消息。这不是第一次。其他几次是你妹妹因为担心而给你发的消息越积越多，最后你才露面。有时候，只要两个字就能让她放心。"还好。"这一次，什么也没有。只有谷歌邮箱的小绿点能让他们知道你还活着。诺拉是他们的消息源。一年前，她跟你在法国待过一阵子，那时候她就跟"狼"的女朋友建立了友情，她就是给她发消息——她再给"狼"汇报情况，随后"狼"把消息传递给你的家人和朋友。这次紧急会议做出一个决定：你爸爸下周末来找你。为了这一行动，他接受放弃跟他的新婚妻子在很久之前就计划好的去佛罗伦萨的旅行。你的朋友和妹妹走不了，他们不是被工作就是被孩子绊住了脚。你爸爸已经退休，是唯一一个走得开的。

然而就在他准备取消旅行的机票、买去弗吉尼亚的机票的早上，消息来了。诺拉说你好多了。危机似乎已经过去。昨天和今天你都去上课了；你已经重新找回精神，不再喝酒，你不一样了——或者说，变回了你自己。你去看了精神病医生，这三天在接受新的治疗。

你妹妹知道这还不够。你病得太厉害，要治好你得把你弄回国，让你住院，断了酒精。家就是这个作用，把走偏的人拉回来。不过既然你已经有点精神了，吃药了，这就不是十万火急的事情了。你爸爸可以按照计划跟女友去佛罗伦萨，下个周末再来找你。

四月十六日早上，在四封拒绝向你借款的信贷机构的邮件中，你收到了米勒简短的回复。

亲爱的托马：

谢谢您的电子邮件。在充分考虑之后，我认为，在这一阶段，继续评估较为可取。我并未看出将您的评估推迟一年的必要。我已经请委员将他们的报告发给我。我会告知您评估进度。

衷心的菲尔

他竟然反对评估委员会全体人员的意见，拒绝你的请求。你注意到他抄送给了委员会成员，甚至院长，在给你写邮件之前，他必定咨询过他的意见。

这三行字表明了拒绝受理的结果。邮件写得很清楚，学校会利用你毫无胜算的评估——过去一年的材料里没有文章、没有科研、没有教学，来终止你的合同，将你淘汰。

你的老板不会放弃这个摆脱你的好机会，这是自然，他恨你。可是院长呢？为什么他要跟着干呢？就因为最近几个学生的抱怨？因为他不想引起行政纠纷？你曾经当作朋友的人抛弃了你。这种背叛才是让你觉得最为残忍的事情，虽然你可以理解，他只是一个人，在个人的小舒适面前，人首先是懦弱卑鄙的、忧心忡忡的。你的病让他害怕。

你没对任何人说起这封邮件,甚至没对诺拉说。这天晚上,你们按照约好的在埃弗兰家里吃饭,看巴拉克·奥巴马和希拉里·克林顿在宾夕法尼亚大选之前的辩论,你加入到对话中,甚至成功地从自己身上刨出几个玩笑。

你完全孤立无援。一年后,或者到下一次开学,你就没有工作了。你不可能在美国找到一个教授的职位,就算有哥伦比亚大学的博士学位,就算同行之中没有人知道你有双相障碍。里德学院两年,然后他们招了另一个人代替你。盐湖城一年。最后,在弗吉尼亚一所不起眼的大学一个后期会有职称的职位。可是到头来,三年之后他们都决定不要你,不管是什么原因。事实摆在那里。美国人相信事实。法国文学研究不过是很小的领域,没有人会冒险聘用你。只要扫一眼你的简历,看一眼你离开哥伦比亚之后的职业生涯,大学就不会让你面试。你是个被遗弃的人。在这饱和的人才市场,有很多年轻有为、出自名校的博士生,为了挣生活,饥不择食,随便哪里的职位他们都要。你快走到四十岁了。对你而言,根本没戏。

说得好像一直以来有戏似的;说得好像这蠢货有权管你似的;说得好像你在乎似的,这个蹩脚学校的蹩脚职位,这蹩脚货的迫害,还有这蹩脚的政策;说得好像你不知道他们早就想把你扔出去似的。

你要面对自己的真实情况了。地铁里的流浪汉,巴黎桥下的流浪汉。好一出滑稽剧。

普鲁斯特在《盖尔芒特家旁边》中写的有关他祖母的片段

在你记忆中浮现，死亡在要杀死我们很久很久之前就在我们身上选定了住所，这几年里它作为顺从的邻居或是合租人让我们认识它。你不是今天才知道自己要死的。这些年，当死亡在你身上住下的那一刻，你就知道。虽然你看不见它，但你听得见它在你的脑子里进进出出，你有时间熟悉这位陌生人。确实你没有再听见它的动静。你原本以为它已经搬走了，你盼着它再也不要回来。然而，并非如此，它不过是去度假了。现在它回来了。

无计脱身。多亏了诺拉，你刚能喘口气，但你知道，没有另一个夏天了，你甚至不能为她支付这次旅行。你的一生，从出生开始，就是一条延伸至那一刻的线。你恰恰在你应该了结的地方了结，在一所面朝学校墙壁的套房里，这所学校像撵走一条狗一样撵走了你。这就是你人生轨迹的尽头。经历过骄傲，经历过幻灭，假装过相信，假装过想要活下去，完成了别人像投掷回飞镖一样扔给你的最后的任务。一切如旧，带着数学等号的必要性和美。大势已定。这些年不过是你的缓刑期。也许，一切从你来美国时就开始了。你离开自己的国家，难道不是为了保护那些对你而言最亲近的人、你的母亲和你的妹妹吗？这些年，你躲躲藏藏。现在你终于能干脆利落地完成这一行动了。是的，你能①。你很平静，不再抗争，不再恐惧。你准备好了。它终将发生。你家里有所有必需的药片，这之后你会

---

① 原文为英语。

套上一个塑料袋,为了避免妮娜·西蒙的失误。

你继续上课。你甚至从床上挣扎起来去上早上的课,这学期最后一次课,虽然这不再有意义,但对那些学生而言有。你试图做出改变,变得正常,不让诺拉或者埃弗兰担心。当你得知诺拉获得优秀毕业论文奖的时候,你真诚地为她感到高兴。你向她庆祝,告诉她你为她骄傲,这个周末你们要隆重地庆祝一下。她对你表示感谢,她知道她欠你的,能为你争光她觉得幸福。这个奖项还有一张七百美元的支票,她微笑着补充道,如果这个夏天她去法国,就能派上用场了。这几天你平静而温和。你打扫了一下屋子,清理掉电脑里的个人材料。这几年里你断断续续搜集了不少报纸,之前夹在硬面的笔记本里,现在夹在漆皮记事本里,你把这些报纸扔到了离你家几条街的垃圾桶里。你吹着口哨走在街上。你不忧郁。你已不在此岸。你没有回复系主任。你也没有给评估委员会的成员写信。他们也没有给你写。

你重读博须埃[①]。画下一些句子。

"死亡并没有明晰的界限将之与生命分开;它不是别的什么,只是完成了的生命。"

"哦,死亡,……如果人自恃过高,你会打击他的傲慢;如果人过分看轻自己,你会鼓起它的勇气;……你让他知道这两个事实,……当他活着时,他是可耻的,一旦抵达永恒,他

[①] 雅克-贝尼涅·博须埃(1627—1704),法国主教、神学家。

就有无尽的价值。"

"我们在这世上占据的地方多么小啊！如此微小，如此无足轻重，似乎我的一生不过是一场梦。"

应该愉快地结束。你去了主街上的酒铺，这家店开到很晚，你经常在很晚的时候来，老板几乎成了你的朋友，他乐于看到这个高大健谈的法国人来陪自己，来逗自己笑。他直呼你的名字，带着口音发第一个音节，也发出最后的 s，跟这里所有的人一样叫你"托马斯"。你用最后五张二十美元纸钞买了两瓶黄牌香槟。四月二十一日，你跟诺拉说今天晚上不去看她。你有几份很急的作业要改，因为现在是期末，得把成绩单交上去。明天下午系里开鸡尾酒，其间会给她颁奖，你会去找她。

你开了一瓶香槟，斜着倒进香槟酒杯。酒触及上颚，清凉，冒泡，绝妙。你坐在用作客厅沙发的床垫上。你点燃一支小雪茄，戴上 iPod 的耳机。比莉忧伤的嗓音在你耳中响起。*叶子上的血迹／还有根部的血迹／黑色的身体／在南方的微风中摇摆*……你看见了，这些黑人的身体，像椰子一样随风摇曳。你批改作业，打分。没道理这些学生因为你的消失而受到牵连。他们努力了，你应该给他们一个认可。你就着一杯水吞下安眠药。你继续喝酒，继续改作业，直到《哥德堡变奏曲》的音符好似晶莹剔透的泡泡般碎裂。当你感觉嘴里变得黏稠、眼睛睁不开的时候，你把塑料袋套在头上。学生的作业一直摊在你的膝盖上。

尾　声

你和我们在里士满殡仪馆棺材里看到的那个人没有半点关系,他光滑的头发梳到脑后,你从不这样梳头,下半边脸又肿又胀。除了眉弓,你几乎无法辨认。

"心血管系统崩溃,全都得重建。脖子处的肿胀说明了这一点。至于其他的,你们会发现挺完美的。这个任务交给了我们这里最优秀的三个小伙之一:他这活做得不错。"

殡仪馆的工作人员双手交叉在胸前,神情严肃而奉承,一脸满意。你的妹妹、塞巴斯蒂安和我交换了目光。没有一丝笑意,只有一种略带幻觉的目光。"最优秀的三个小伙之一":这是他说的话,他对你父亲和你妹妹表示哀悼时最先说的几个字。

你妹妹问我想不想在教堂发言。我回答不想。我无法对着一副棺材说"你"。"你"不复存在。

现在除了"你",我也没法用别的词。"他"过于生疏,好像我在对另一个人说起你。"他"会将你再杀死一分。

何为遗像?充斥着虚构的无知是否会令它走样?是否还能听到你的笑声?你的生命曲线是否还能如我目睹的那样出现在

世人眼前？这条线自从你在二十三岁来到美国就大转折，像一辆赛车，朝着那堵会让它粉身碎骨的墙冲去。

我对你的感情变了——不是从你去世那一刻开始，而是在这之前，在你读了我的书中关于我们友情的那部分，用一种与其说厌恶不如说是悲伤的语调对我说出这些话之后："你知道，卡特琳，人多少有点内心生活。"

在我笑容凝固的那一刻，我受伤了，你伤我是应该的。这曾是一场势均力敌的战争。可是，你那小小的句子扎进我的身体，在里面播下一颗种子，在里面生根发芽，不断发展。

温柔，旧日的温柔，在你死亡之前就已经开始取代我们之间的不悦。我有时间去思考你又变回我最好的朋友这件事。我有时间去感受你重新信任我。如果非要拿我们相比不可，那就是我有时间用我理性又实际的大脑，去弄清楚我是多么不如你。然而，至少，我去做了：空白页没有阻止我；我不畏惧平庸。我有时间去意识到自己爱你胜过爱任何一个朋友，没有人比你更让我感到生机勃勃，因为你身上有种无与伦比的东西，一种将你照亮的东西。

笑。

这就是我弟弟告知我你的死讯时我立即想到的：这片大地，笑将寥寥。

致　谢

感谢伊拉里·阿尔来、韦罗妮克·奥布伊、西尔维·布雷利、安托瓦纳·贡巴尼翁、特蕾莎·克雷米西、罗西纳·屈塞、吕西安娜·弗洛里斯、安托瓦纳·伽利马、安娜·利斯·加斯塔尔迪、德尼·奥利耶、特里斯坦·让、马特·凯斯勒、本·利伯曼、詹姆斯·马康、保拉·米耶利、玛丽亚·米雷桑、埃丝特·佩雷尔、卡特琳·特谢尔。

大力感谢我最初的一批读者，奥利维耶·齐格利克、米莱纳·阿布里巴、米里昂·阿孔、卡罗琳·托比亚那，感谢他们的支持与坦诚，感谢夏尔·凯尔马莱克的斧正，感谢我的编辑让-玛丽·拉克拉弗汀，感谢她细致的校对和付梓之前再次审稿的无限耐心，感谢手稿交付前的最后一位读者弗拉德·让金斯。